다만 죽음을 곁에 두고 씁니다

Notes From the End of Everything

다　만

Notes From the End of Everything

죽　음　을

곁에　두고

로버트 판타노 지음
노지양 옮김

씁　니　다

차 례

1장
죽음 앞에선 모두 철학자가 된다
○ 나의 죽음을 알게 된 날

1

나쁜 소식의 마지막 문장, 마지막 단어를 듣기 전까지는 좋은 소식과 나쁜 소식을 구별할 수 없다.

살면서 어떤 순간이든 모든 것이 무너지거나 순간적으로 끝나버릴 수 있다는 걸 모르지 않았다. 물론 그 사실을 아는 것과 그 일을 직접 마주하는 것은 하늘과 땅처럼 다른 일이었다.

실은 그가 입을 열기 전부터 나쁜 소식임을 직감할 수 있었다. 손의 미세한 떨림이라든가 담담한 척하는 얼굴 표정이 만들어낸 무거운 공기를, 같은 공간에 있던 나는 무의식적으로 느낄 수밖에 없었던 것이다. 그를 천천히 관찰하면서 나의 막연했던 느낌은 추상적인 직감의 영역에서 의식적인 확신의 영역으로 옮겨 갔다. 억지로 크게 뜬 그의 눈동자에서 나의 운명을 보았다. 내 생이 짧아지고 있었다.

2

태어난다는 건 두 가지 필연적인 경험을 대동한다. 삶과 죽음. 그리고 이 두 가지는 살벌하고 무시무시하다.

평생 동안 나는 죽음을 두려워해왔다. 매 순간 의식했던 건 아니지만 가끔은 그러했다. 늦은 밤 집에서 심상치 않은 소리를 들었을 때 죽음은 자신이 언제든 찾아올 수 있음을 알리기도 했다. 때로는 내 두개골의 왼쪽, 귀 뒤쪽에서 알 수 없는 통증을 느낄 때 불쑥 죽음을 떠올리기도 했다. 혹은 비행기나 지하철 안에서 사람들 틈에서 뭔가 위험하거나 잘못되었다고 느낄 때, 아니 그와 비슷한 기분이 들 때도 죽음이 그리 멀지 않음을 불현듯 의식하곤 했다.

이러한 순간이 찾아오면, 적어도 잠재의식 속의 나는 이런 생각을 했다. 유무를 구분하는 건 그저 다소의 액체와 물컹물컹한 덩어리로 이루어진 연약한 껍질뿐이지 않은가. 그 껍질의 바깥에는 뭐가 있을까? 무자비한 혼돈이다. 나라는 존재에 하등 관심이 없는, 여기저기 불똥을 튀기고 있는 방대한 우주라는 지옥불이다. 그렇다고 껍질 내부의 사정이 특별히 더 낫다고 할 수도 없다. 기본적으로 지금 쓰고 있는 이 글의 목소리를 제외한 모든 것들, 즉 별과 나무와 창밖을 지나다니는 다른 사람들과 내 몸 안의 미생물과 박테리아까지. 이 모든 생명체들은 평화와 혼돈 사이에서 엎치락뒤치락하고 있는 물질과 물체들의 전쟁터라 할 수 있다. 나는 그 전쟁터 한가운데에 있다. 우리 모두는 그 전쟁터 한가운데에 있다.

그렇다고 우리가 이 전쟁터에서 살고 있음을 불평해야 하는 일인지는 모르겠다. 또한 이 전쟁터가 좋거나 나쁘다고 주장하려는 것도 아니다. 다만 상당히 무시무시하다는 점에는 누구나 동의하지 않을까 싶다.

내 두개골의 왼쪽, 귀 뒤쪽에서 감지한 이 느낌은 내가 보일러 돌아가는 소리를, 우리 집을 침입하려는 강도 소리로 착각한 일과는 전혀 달랐다. 혹은 그저 일반적인 난기류에 불과하다고 판명될 비행기의 덜컹거림과도 완전히 다른 종류였다. 종양이었다.

이것은 성상세포종이라고 불리며, 뇌 자체에서 생긴 신경교종의 일종인 뇌종양이다. 약 일주일 전 의사는 뇌 스캔 촬영 결과 대뇌 뒤쪽에 종양이 보인다고 말했다.

그보다 삼사 주 전에는 뒷골의 통증이 점점 심해지다가 강하고 지속적인 두통으로 변하더니 하루 종일 머리가 깨질 듯 아팠다. 가라앉길 바라면서 별다른 조치를 취하지 않고 며칠을 참으며 지내다가 더 이상 견딜 수 없는 수준이 되었을 때 담당 의사에게 가보았다. 그러나 그는 자신의 병원에서는 진단하기 어렵겠다고 판단하고 신경과 의사를 추천했다. 추천받은 병원에서 여러 종류의 검사와 뇌 스캔을 실시했고, 일주일 남짓 후에 내 운명이 밝혀졌다.

그는 이 종양이 앞으로 어떻게 진행될 것인지, 어떤 속도로 진행될 것인지 판단하기는 이르다고 말했다. 단계가 어떻든 암은 확실하지만, 어떤 치료나 수술로 종양을 제거하거나 완화시킬지에 대해 말하는 것은 아직 이르다고 했다. 분명한 것은 종양의 크기가 상당히 큰 편이고 악성종양의 징후가 보인다고 했다. 가벼운 병일 것이라는 희망은 갖지 않는 편이 좋겠다고 직접적으로 말하지는 않았으나, 그의 어조와 신중한 단어 선택을 들으며 그의 말 뒤에 숨은 의도까지 이해할 수 있었다.

일반적으로 양성종양은 한두 차례의 수술로 제거할 수 있고 예후가 좋으면 환자는 곧 정상적인 생활로 돌아가기도 한다. 하지만 악성이라면 종류와 단계에 따라서 상당히 복잡해질 수도 있다. 그는 지금 일어난 일의 심각성과 시간에 민감한 속성을 설명한 뒤, 앞으로 일어날 수 있는 일도 설명했다.

나는 이틀 동안 다시 몇 가지 검사를 더 받고 조직검사 여부를 판단한 뒤 그 조직검사를 통해 종양의 단계를 알게 될 것이다.

검사 날짜를 기다리는 동안 밤낮으로 인터넷을 통해 종양을 검색하고 또 검색했다. 종양이 양성이 아니고 악성일 경우 환자가 오 년 이상 생존할 확률은 오십 퍼센트 정도다. 최대한 길게 봐서 그렇다고 한다. 하지만 내 종양처럼 크기가 큰 경우, 또한 악성일 경우에는(나의 종양이 그럴 가능성이 높은데) 환자의 잠재적 평균 생존율은 십이 개월에서 십팔 개월이고 오 년 이상 생존율은 단 오 퍼센트다.

수술, 화학요법, 방사선치료, 약물, 기타 방법을 활용해 생존 기간을 조금 연장할 수는 있다. 공격성 종양이라고 할지라도 이론적으로는 삼 년에서 오 년 정도의 수명을 연장할 수도 있다. 그러나 변수와 위험도와 복잡성을 고려하여 실제 확률을 계산한다면 최대 일 년 정도가 평균이라고 할 수 있겠다. 따라서 지금 할 수 있는 말은, 아마도 나에게는 지금부터 대략 일 년 정도의 시간이 남아 있다는 것이다.

3

　　몇 차례 검사를 하고 MRI 촬영도 했지만 종양을 정확하게 진단하기에는 충분치 않았다. 이틀 후에 조직검사를 받았고 그 후 5일 정도를 더 기다렸다. 병원 측은 내 두개골에서 뇌종양 조직 일부를 떼어내 현미경으로 세포검사를 실시했다.

　　그리하여 결국엔 이 종양이 악성임이 밝혀졌다. 현재 내가 받은 공식적인 진단명은 성상세포종 3기인데 아마 환자가 받을 수 있는 최악의 시나리오 어디쯤에 쓰여 있는 병명이라 할 수 있다. 말하자면 거의 불치병이라고 할까. 내가 '거의'라고 말한 단 하나의 이유는 솔직히 아직까지는 '확정적'이라는 단어를 받아들일 수가 없기 때문이다.

4

내 생애 최초로, 내가 앞으로 어떻게 죽게 될지 더 이상 궁금하지 않다. 이제 알기 때문이다. 또한 내 생애 최초로 죽음에 대한 생각과 일종의 평화를 이루게 되었다. 죽는 것이 평화롭게 느껴진다는 의미가 아니라 언제 어떻게 죽게 될지를 안다는 사실과 평화를 이루었다는 것이다. 마치 전혀 기대하지 않은 예상치 못한 순간에 누군가 내 얼굴을 한 대 세게 쳐주겠다고 말한 것과 비슷하다 할 수 있겠다. 평생 동안 누가 언제 어떻게 날 때릴지 몰라서 안절부절못하고 있었는데 마침내 한 방 먹은 것이다. 더럽게 아프지만 적어도 이제는 언제 어떻게 얼마나 세게 맞을지 걱정하지 않아도 된다.

물론 나의 기대보다는 훨씬 이르긴 하다. 내 희망에서 많이 벗어나 있다. 하지만 이른 죽음과 그렇지 않은 죽음이 얼마나 큰 차이가 있을지 지금의 나로서는 알 수 없다. 그리고 앞으로 나에게 이제는 죽을 준비가 되어 있다고 말할 수 있는 시간이 과연 올까? 그에 대해서도 알 수 없다. 적어도 지금 아는 수준보다 더 잘 알진 못한다.

물론 나에게 이런 일이 일어나지 않았다면 어땠을까 생각한다. 나의 기대수명이 앞으로 이삼 년이 아니라 오십 년이었다면 나는 아마도 죽을 준비가 된 피곤하고 지친 노인이 되어 있거나, 죽을 준비가 되지 않은 피곤하고 지친 노인이 되어 있을 것이다. 두 가지 모두 매한가지로 불행하고 슬프다.

누군가 죽을 준비가 되어 있다면, 아마도 인생이 이미 그 사람을 죽였다 할 수 있기 때문이리라. 만약 죽음에 준비되어 있지 않다면, 미처 준비하기 전에 죽음이 당신을 죽일 것이다. 그렇지 않더라도 결국 죽음을 맞을 준비를 하게 될 것이다. 이 첫 번째와 두 번째가 얼마나 다를까. 어떤 시점에서든 사람은 살아 있을 때 생명을 잃거나 죽음에 의해 생명을 잃는다. 어느 누구도 이 두 가지에 준비되어 있지 않고 준비되어 있다고 해도 행복하지 않을 것이다.

나는 어떤 사람이 어느 정도 살아낸 후에는 얼마나 오래 사는지가 그렇게까지 중요하지 않다고 주장하려 한다. 내 인생이 빨리 끝났는지 아닌지는 길고 **풍요로운** 삶이 무엇으로 구성되는가, 라는 나의 관점에 따라 달라지지 않을까 싶다. 사람의 수명 또한 이 세상의 모든 것처럼 무엇을 기준으로 삼느냐에 따라 상대적일 수 있다. 만약 일 초를 기준으로 삼는다면 나는 이미 별들만큼이나 오래 산 셈이다. 그러나 기준을 별로 삼는다면, 내가 앞으로 천 년을 더 산다 한들 나의 인생은 이 우주를 지나가는 찰나의 빛이거나 보일 듯 말 듯 한 점일 뿐이다.

어떤 사람이 얼마나 오래 살든 그 삶이 얼마나 길고 짧은지는 객관적인 기준이 아니라 자신이 기대했던 바에 따라 달라질 것이다. 따라서 한 사람의 수명은 삶의 경험을 잴 수 있는 기능적인 혹은 객관적인 기준이 될 수 없다.

더 오래 살았다고 해서 더 풍요롭고 심오한 인생을 살았다고 할 수도 없다. 환희와 영광으로 채워진 십오 년과 고난과 환멸로 가득한 백 년 중에 하나를 선택해야 한다면 백 년보다는 십오 년이 확실히 나은 선택이 되지 않을까 싶다. 진실로 말하건대, 기대보다 일찍 사라지는 생이나 기대만큼 오래 살지만 고되고 처참한 생은 똑같이 슬프다.

이런 관점이 나의 질병과 아직 젊다고 할 수 있는 나이에 찾아온 죽음에 대해서 무엇을 말해줄 수 있을까? 물론 부정할 수 없이 슬프다. 하지만 사람의 운명과 인생의 방향이 전혀 어떻게 될지 모르는 상황을 고려한다면 나의 죽음은 그렇게까지 슬프지 않은 일일 수도 있다.

그렇다면 나는 죽을 준비가 되어 있을까? 모

르겠다. 그게 과연 중요하긴 할까? 그 역시 모르겠다고 할 수
밖에.

5

영화에도 나처럼 불치병에 걸린 사람들이 적잖게 등장하는데 보통 그들은 꿈꾸던 장소로 여행을 떠나거나 열정을 좇거나 참아왔던 욕망을 분출하거나 성적인 환상을 실현하거나 새로운 사람과 사랑에 빠지곤 한다. 혹은 한 편의 드라마와 같은 방식으로 전혀 예상 밖의 모습으로 변하기도 한다.

하지만 나는 남은 시간 동안 이제껏 살아왔던 대로 살기로 했다. 가까운 친구와 가족들을 만나고 동네를 천천히 산책하고 등산로를 걷고 인접한 도시에 가고 풍미 있는 위스키를 음미하고 단골식당에 한 번 더 가고 즐겨 보던 TV 프로그램, 영화, 책을 찾아보고, 또 지금 하는 이것, 글쓰기를 하려 한다.

아직 단정적으로 말할 수는 없겠지만 아마도 내 생각에 이전과 똑같은 일들을 하면서 앞으로 남은 시간을 보내게 될 것 같다. 내가 언제나 해왔던 일들을 할 것이다. 그 외에는 특별히 할 일도 하고 싶은 일도 없으니까.

나는 성인이 된 이후 대부분 글을 쓰면서 살아왔다. 개인적으로도 쓰고 직업적으로 쓰기도 했다. 어렸을 때나 중학교 때 글쓰기를 특별히 좋아했거나 두각을 나타냈던 적은 없지만 나는 항상 말하기, 이야기 만들기, 토론하기, 분석하기를 즐겼고 아마도 형태는 약간 달랐지만 이런 성향이 글쓰기에 대한 내적 관심을 나타내는 징후였을 거라 생각하고 있다.

십대 후반과 이십대 초반부터 글쓰기에 대한 관심이 본격적으로 싹트기 시작했다. 고등학교나 대학교에서 교사와 교수님들이 내 글을 주목해주기도 했다. 일반적으로 작가가 되고자 하는 이들은 충분히 많은 사람들이 자신의 글을 알아보고 그 글의 어떤 면이 특별하거나 매력이 있다고 반복적으로 말해주어야 서서히 그들의 말을 믿기 시작한다. 그러면서 이 작업과 자신을 결부시키기 시작하고 그 방면에 더 관심을 쏟고 노력하게 된다. 나 역시 언젠가부터 글쓰기가 내 정체성의 일부가 되거나, 내 삶의 방향이 될지도 모른다고 생각했고 나와 비슷한 문학적 관심사를 가진 사람들과 어울리면서 글쓰기를 직업으로 연결시킬 가능성을 모색하기 시작했다.

이십대 초반에는 글쓰기에 대한 관심과 열정

이 불타올랐다. 마치 성장기의 소년처럼, 축구나 농구 같은 운동에 빠져 아침저녁으로 그 운동밖에 생각하지 않는 느낌과 크게 다르지 않았다. 이러한 소년의 풋풋한 열정은 몇 년 안에 자연스럽게 사그라들기 마련이다. 그러나 어렸을 때 느꼈던 종류와 같은 젊고 순수한 열정과 애착을 글쓰기에서 재발견한 이십대의 나는, 어떤 사람의 인생에서 이런 느낌이 자주 찾아오지는 않을 거라 판단했고 내 직감을 따라가보기로 했다.

스물두 살, 매사추세츠 보스턴 대학교 학부 시절에 제출한 논문을 바탕으로 첫 책을 썼다. 교수님에게 조언을 받아 수정하고 추천을 받은 후 출판사에 보냈고, 수많은 거절 편지를 받고 나서야 가까스로 출간이 결정되었다. 물론 인상적인 데뷔작이라고는 할 수 없었다. 그래도 내 기준에서는 그만하면 충분한 관심을 받았다고 생각한다. 적지만 인세가 나왔고 덕분에 글을 쓸 기반이 마련되었다.

이십대 초중반에 나는 평범한 학부 졸업생이 구할 수 있는 대우가 형편없는 직업을 전전하면서 글을 썼다. 스물여섯 살에는 『행운이라는 비극』이라는 제목의 책을 발간했고 이듬해 이 책은 꽤 유명해졌다.

그 이후부터 쓰기를 멈춘 적이 없다. 지금까지

아홉 권 이상의 책을 펴냈다. 어떤 책들은 그럭저럭 괜찮고 어떤 책은 썩 괜찮다. 어떤 책은 어디에 내세우거나 굳이 다시 들춰보고 싶지도 않다. 그러나 대체로 큰 어려움 없이 작가로 활동할 수 있을 정도로는 꾸준히 글을 생산했다.

아마도 이러한 나의 이력이, 점점 사그라지는 생명이라는 감옥 속에서 어떻게 시간을 보내기로 했는가에 대해 무언가 말해주지 않을까 싶다. 나는 이전과 동일한 일상을 선택했다. 어쩌면 나에게는 글 쓰는 습관이 이미 형성되어버렸고 다른 활동으로 내 시간을 채우는 방법을 몰라서 또다시 글에 기대는 것일 수도 있다. 그러나 나는 선택이라는 단어가 포함된 전자를 더 선호한다.

내 작품은 거의 소설이다. 굳이 소설이라는 장르를 택한 이유는 상상 속의 세계를 창조하고 그 안을 유영하면 내 안에 흐르던 생각들을 더 잘 표현할 수 있어서였다. 그 방법이야말로 수준 높은 글을 쓸 수 있는 일종의 요령이자 속임수라고 생각한다. 나를 속이면서 나에게 비로소 정직해진다고 할까.

그러나 이제는 더 이상 그런 필요를 느끼지 못한다. 내 생각, 즉 내 목소리가 나만의 세상 안에서 이것 자체의 힘으로 단단하게 있을 수 있어야 한다고 느낀다. 아직

할 수 있을 때 그렇게 해야만 할 것 같다.

　　죽음이라는 운명이 시시각각 가까워오고 있으니 이제는 도망갈 수 있는 미래도 남아 있지 않다. 그러니 더 이상 기다릴 수 없다. 숨길 것도 감출 것도 없다. 그저 내 생각이 흘러가는 대로, 쓰고 싶은 마음이 들 때마다, 최대한 많이 써놓으려 한다. 더 이상 글을 쓰지 못하거나 생각하지 못할 때까지.

　　인생은 참으로 얄궂다. 나를 있는 그대로 드러내는 솔직한 글을 쓰기 위해 뇌종양이라는 병까지 필요하다니.

6

글을 쓰기로 결심하면서 늘 이 사실 하나만은 인정하고자 했다. 나는 일반적인 의미에서 그리고 실존적인 의미에서 다른 사람보다 더 많이 알지 못한다는 것. 그러나 마찬가지로 일반적이고 실존적인 의미에서 내가 다른 사람보다 덜 안다고 할 수도 없다. 나는 그저 나의 느낌을 공유하고 나의 경험을 털어놓고 싶을 뿐이다. 나의 두뇌가 아직은 경험을 할 수 있고 나의 목소리가 아직은 말을 할 수 있으므로.

나의 철학이라든가 인생관이 나 이전에 살던 사람과 이후에 태어난 사람의 그것과 유사하거나 동어반복처럼 느껴진다면 아마 그런 이유 때문이리라. 여기에 써 내려가는 나의 사고, 관점, 문장이 새롭다고 말하고 싶지 않다. 그렇다고 낡아빠졌다고 하고 싶지도 않기 때문에 참신하거나 진부하다는 등의 형용사를 끌어와 정의하지는 않으려 한다. 사실 나도 잘 모르겠으니까. 아마 당신은 이런 내용이 담긴 작가의 변을 분명 어디선가 읽었을 것이다. 인간이라면 기본적으로 비슷한 형태의 삶을 살아간다. 따라서 이 삶을 밀접한 거리에서 되도록 합리적이고 논리적으로 관찰하고 기록하는 일을 업으로 삼은 사람이라 할지라도 여전히 다른 모든 사람들과 비슷한 방식으로 살아왔을 가능성이 높다. 따라서 유사한 주제의 **지혜**나 **철학**은 필연적으로 등장할 수밖에 없다.

게다가 나는 인생의 많은 시간을 다른 사람의 말을 듣고 읽고 배우면서 보냈고, 나와 동류라고 느껴지는 사람에게 끌렸고 그렇지 않은 사람은 밀어냈다. 타인의 목소리를 참고하거나 결합시키지 않고, 오직 자기만의 목소리를 찾고 말할 수 있는 사람이 이 세상에 있을까? 어떤 면에서는 우리 모두가 대체로 남이 한 이야기를 반복하고 있으며 다만, 단어와 문장의 배열 정도만 달리하는지도 모른다.

아마도 틀림없이, 이 세상의 모든 목소리는 사람들이 예전부터 들어왔고, 좋아했고, 싫어했던 목소리들의 변주나 혼합일 것이다. 그 목소리를 평가하는 척도는 같은 주제를 얼마나 독특하고 얼마나 독자적인 방식으로 쌓아 올렸는가이다. 즉, 자신이 지각하고 흡수한 바를 어떻게 고유한 예술적인 결과물로 완성해냈는지가 관건이다. 이 점에서 내가 얼마나 성공적으로 해냈는지 내가 판단할 문제는 아니지만, 시도해보고 방어하는 일은 나의 몫이다.

나는 어떤 생각이 새롭거나 진부한지에는 그다지 관심이 없다. 내가 한 시도들이, 내가 한 대응과 전달 방식이 얼마나 바람직하고 정당한지에만 크게 관심이 있다. 하지만 그와 동시에 내가 쓰는 모든 글이 무지하고 형편없다면 그 또한 맞는 말일 것이다. 아마 세상의 모든 것이 그렇기 때문일 것이다. 언어와 사고는 이미 부조리하고 추상적인 현실을 반영하고 있는 만큼 부조리하고 추상적일 뿐이다. 이제까지 탄생한 모든 말과 글과 삶이 그 부조리와 한 몸처럼 매여 있다.

그리하여 나는 내가 맞은 최후의 시간에, 처음 글을 쓰기 시작했을 때와 같은 이유로 글을 쓰고 있다. 내가 글을 쓰는 이유는 나에게 할 말이 아직 많이 남아 있고 그 말을 할 다른 방법이 없기 때문이다. 혹은 반대로 왜 할 말이 별로 없는지에 대해서 할 말이 많다고 느껴서인지도 모르겠다. 이 세상의 혼란과 무의미를 어떻게든 이해할 수 있는 언어로 풀어보려고 하는 나를 그나마 오래 기다려주고 들어주는 유일한 존재가 이 텅 빈 페이지이기 때문일 수도 있겠다.

다른 많은 이들도 마찬가지라고 생각한다. 나에게는 숨은 영혼들로 가득한 이 세상에서 공감하고 공감받고자 하는 충족되지 않은 갈증이 있다. 이해가 불가능한 두뇌 안에서 나온 생각들을 이해받기 위해서, 끊임없이 변하는 현실에서 진실 한 조각을 붙잡기 위해서, 나에게 아직 남아 있는 삶과 생명을 쥐어짜내어 가치 있는 무언가로 만들어보기 위해서 나는 덧없는 시도를 또 해보려 한다.

나는 글을 쓰기로 한다.

2장
잘 낭비한 시간

7

　　의사는 가능한 한 빨리 수술을 해서 종양의 크기를 줄여야 한다고 말했다. 여러 차례 수술을 해야 할지도 모르지만 어쨌든 수술은 앞당길수록 효과가 있을 확률이 크다고 했다.

　　수술과 치료를 받는다는 건 몇 개월 안에 끝날 수 있는 삶을 이 년 정도로 연장시키는 일이라고 할 수 있다. 물론 잘하면 이 년 이상 살 수도 있을 것이다. 하지만 이것은 현실적인 가능성이라기보다는 '무엇이든 가능은 하다' 유의 관점처럼 보이긴 한다.

　　지금 상황에선 종양을 어디까지 제거할 수 있고 수술이 얼마나 효과적일지 누구도 장담할 수 없다.

　　내가 볼 때 종양의 가장 큰 문제는 이 녀석이 굉장히 영리하다는 점이다. 물론 종양이 인간처럼 의식이 있고 똑똑하다는 말이 아니다. 내 경험에 의하면 종양은 자기가 원하는 바를 얻어내는 면에 있어서는 본능적으로 영특하다. 목표를 향한 끈기와 상황에 적응하는 능력과 방해물을 피해 가는 기술이 탁월하게 결합된 존재라고 할까. 마치 사자가 가젤 한 마리를 쫓아가는 척하다가 방향을 틀어 순식간에 다른 가젤을 공격하는 것과 같다. 아니면 가젤이 사자에게서 벗어날 때 사용하는 생존 기술일 수도 있다. 무엇이 되었든 지금 내가 대항하고 있는 것은 그런 종류의, 대대로 내려온 강력한 자연의 본능이다.

수술 날짜는 일주일 후로 잡았다. 위험 요소가 있지만 손 놓고 있는 것보다는 무엇이든 시도하는 편이 낫다고 판단했다. 하나라도 얻기 위해 가지고 있는 판돈을 모두 걸어볼 작정이다.

8

　　인간은 태어날 때 일 년에 삼백육십오 일이라는 시간을 부여받고, 최선의 경우에 팔십에서 백 년의 시간을 선물받을 수도 있다. 물론 언제나 일이 최선으로 흘러가는 건 아니다. 만약 내게 남은 시간이 정확히 얼마나 될지, 그 사실을 절박하고 명징하게 깨닫는다면 그것은 과연 나에게 이익일까? 오히려 그 점을 깨닫고 나면 내가 가진 몇백 일과 몇 년이라는 시간을 자꾸 의식하게 되는 문제가 생긴다. 이상하게도 시간이란 의식할수록 잘 쓰기가 더 어려워진다.

　　젊을 때는 시간이 얼마나 귀한지 알지 못한다. 나이가 들면 한 줌의 모래처럼 손가락 사이로 빠져나가는 것이 시간이란 걸 너무도 잘 알게 되지만 젊을 때처럼 그 시간을 맘껏 즐길 수 없게 된다.

　　시간은 그 무엇보다 소중하다. 아니, 그렇다고들 한다. 논란의 여지가 없는, 확고부동한 진리처럼 여겨지는 명제다. 그러나 나는 과연 시간이 다른 요소들에 비해 본질적으로 생득적으로 더 중요한지에 의문을 표하려고 한다. 만약 아무도 쓸 사람이 없다면 그 시간은 아무 의미도 없지 않을까. 이 점에서는 시간은 돈과 다르지 않다. 시간은 쓰는 사람이 개인적으로 중요하다고 여기는 무언가에 소비했을 때만 중요하다. 시간이든 돈이든 쓰지 않으면 그것은 단지 개념일 뿐이다. 원론적으로 어느 누구도 일 달러 지폐로 일 달러 지폐 이상을 살 수는 없는 것처럼 어느 누구도 시간을 한 번 더 쓸 수는 없다. 일 달러가 가치 있으려면 돈 자체가 아닌 다른 것으로 교환해야 한다. 마찬가지로 시간은 시간 자체가 아닌 다른 무언가와 교환할 때만 가치가 있다.

돈과 시간의 뚜렷하고 확고한 차이는, 인간이라면 누구나 태어날 때 잠재적으로 상당한 양의 시간을 부여받는다는 것에 있다. 우리는 생득권 혹은 탄생 선물처럼 시간을 일시불로 받는다.

또 시간만이 가지고 있는 주요한 특징 중 하나는 매분 매초 써야만 한다는 점이다. 조금도 아껴두었다 쓸 수 없고 저축할 수도 없다. 물론 주어진 분량 이상으로 차지할 수도 없다. 쓰는 것 외에는 그 무엇도 할 수 없으며 소유를 의식하기도 전에 우리는 이미 시간을 쓰고 있다. 시간을 함부로 쓰고 있다는 사실을 깨달았다고 해도 지금까지 그래왔던 것처럼 성급하고 무분별하게 써야 한다. 모든 순간은 우리에게 시간 안에서 시간을 쓰라고 강요한다. 시간을 쓰지 않고는 어떻게 시간을 보내고 싶은지조차 고민할 수 없다. 그렇기 때문에 시간 낭비에 대한 압박은 절대 완화되지 않는다. 우리는 시간 안에서 태어났고 시간 속으로 던져졌다. 적당한 때에 잠깐만, 하고 멈출 수도 없고 시간 자체에서 벗어나 시간을 평가할 수도 없다.

　　　　어떤 사람이 자기 시간을 최대한 만족스럽게 쓰고 싶다면, 그는 시간을 올바로 평가할 충분한 시간을 갖고 있어야 할 것이다. 수없이 다양한 일을 시도해보고, 완전히 다른 과정을 거쳐보고, 다양한 생활 방식을 경험하고, 다채로운 장소를 방문하고, 여러 사람과 살아보는 등 모든 것을 해보아야 무엇이 가장 만족스러운 시간 소비인지 판단할 수 있다. 그러나 이 중에 일부만 하려고 해도 턱없이 부족한 것이 우리의 시간이다. 따라서 우리는 이 부조리한 삶 속에서 정처 없이 방황하면서 되는대로 이런저런 노력을 하고, 손에 잡히는 대로 무언가를 추구하거나 움직이면서 주어진 시간을 애써 채우려고 할 뿐이다. 그렇게 하길 원한다거나 해야 해서가 아니라 다만 우리에게는 시간이 있고, 그 시간은 반드시 써야만 하기 때문이다.

9

수술은 성공적이었다. 적어도 수술이 끝나고 죽지는 않았으니 그렇게 말할 수도 있겠다. 수술 전 의사는 비교적 큰 덩어리를 제거할 수 있다고 했지만 그가 내 머리를 열어보았을 때 확실히 인지한 사실은, 종양이 동시 다발적으로 자라고 있음을 나타내는 징후가 보였다는 점이다. 다시 말하면 종양이 공 모양 비슷하게 하나의 덩어리로 자라는 것이 아니라 마치 지도 위의 산맥처럼 산발적으로 뻗어가거나 나비의 날갯짓처럼 어디로 향할지 모른다는 것이다. 따라서 종양을 깨끗이 제거하는 것은 애초에 불가능했다고 할 수 있다. 가슴 철렁한 소식인 것이다. 최초 진단받았을 때의 예상보다 더 나쁜 상황이다.

나는 앞으로 몇 주 혹은 몇 달간 화학요법과 방사선치료를 받고 기타 실험적인 약물치료도 병행하면서 MRI로 종양의 크기를 확인하게 될 것이다. 나의 희망이라면 이 종양이 심각한 악성으로 진행되지 않는 것이다. 가능한 한 긴 시간 동안 성장이 지연되길 바랄 뿐이다.

10

        내 몸은 나를 살아 있게 하기 위해 쉬지 않고 일하고 있지만 나는 그저 앉아서 아무것도 하지 않는 것처럼 느껴진다. 아침이면 일어난다. 핸드폰을 확인한다. 이런저런 일을 처리한다. TV를 본다. 먹는다. 읽는다. 걷는다. 생각한다. 쓴다. 그리고 병원에 가서 같은 검사를 받고 받고 또 받는다. 나는 정해진 일과라는 쳇바퀴 안에서 똑같은 장소들을 돌고 돈다.

        그러다 이렇게 사는 건 제대로 살지 못하고 있을 뿐 아니라 시간만 흘려보내는 건 아닌가 하는 생각에 빠져들곤 한다. 현재 나는 얼마 안 되는 소중한 하루를 무심히 낭비하고 있는 건 아닐까. 이런 질문 속에서 문득 깨닫는다. 사실 나는 뇌종양 진단을 받기 전부터 항상 이렇게 생각했다는 것을. 일반적인 의미에서 내 삶이 순조롭게 흘러가고 있을 때도, 지금과 똑같은 느낌, 즉 시간을 낭비하고 있다는 느낌이 불현듯 나를 관통해왔고 그 순간마다 어찌할 바를 모르곤 했다.

내 인생을 돌아보면 각기 다른 수준의 성공과 실패를 경험했고, 조금씩은 다른 일상을 꾸려왔다. 그런데 그때마다 앞에서 느낀 감정과 동일하거나 유사한 감정이 시시때때로 찾아와 말을 걸었다. 게으르게 살고 있을 때는 충분히 잘 살고 있지 않다고 느꼈고 잘 살고 있을 때도 이보다 더 잘 살아야 한다고 생각했다. 즐거운 시간을 보내고 있을 때는 일을 하고 있지 않다는 죄책감을 느꼈다. 일을 하고 있을 때는 인생을 즐길 줄 모르고 일만 한다는 생각에 나 자신에게 잘못을 저지르고 있는 것만 같았다. 그러니까 불만족과 시간 낭비의 느낌은 항상 내 꽁무니를 졸졸 따라다녔다고 할 수 있다.

그러나 요즘에는 이렇게 생각한다. 시간 낭비 여부를 결정하는 요소는 과연 무엇일까? 우리 중 누가 허투루 낭비한 하루와 보람 있는 하루를 구분할 수 있을까?

확실한 목적이나 방향성이라고는 없는 세상에서, 의미가 무엇이고 이유가 무엇인지 알 능력이 없는 인간에게 시간의 가치란 무엇일까? 그저 주어진 순간과 주어진 하루를 어떻게 보내는지에 따라 상대적으로 결정되는 건 아닐까? 세상의 모든 기준이나 관습을 걷어내고 나면 내가 하루를 낭비했는지 아닌지 판단할 수 있는 사람은 오직 나뿐이다.

　　　　　내가 만약 지난 몇 주 동안 아무것도 안 하고 하루 종일 침대에서 책만 읽었다면 나는 시간 낭비를 한 걸까? 종양 진단을 받기 오 개월 전이라면 그렇다고 느꼈을 것이다. 하지만 지금은 전혀 그렇게 느껴지지 않는다. 어쩌면 나의 특수한 상황에 따른 무기력과 타성을 정당화하거나 그럴싸하게 포장하고 있는 것일 수도 있다. 하지만 나는 그 반대라고 주장하고 싶다. 내가 무기력을 진정 즐겼기 때문에 내 무기력이 정당화될 수 있는 거라고.

　　　　　만약 어떤 사람이 낭비한 시간을 즐겼거나 소중하게 느꼈다면 이 사람이 시간을 정말 낭비했다고 말할 수 있을까?

　　　　　물론 극단적일 정도로 아무것도 안 하고 무기력하게 보냈다면 그렇다고 할 수 있을 것이다. 하지만 확실한 건 구체적인 성과가 없다고 해서, 특정 행동을 하지 않았다고 해서 하루를 낭비했다고 판단할 수는 없다는 것이다. 그보다는 그날 내가 어떤 경험을 했는지, 그날이 나에게 어떤 영향을 주었는지를 고려해야 한다. 그건 근본적으로 그 사람이 그날 무엇을 기대했고 무엇에 가장 흥미를 느꼈는지에 따라 다르다. 순전히 자의적이고 독자적인 기준이다. 그러니까 결국 시간은, 내 시간을 내가 어떻게 여기고 있는지만큼만 중요하다.

　　　　지금은 그렇게 생각한다. 낭비한 날들에 대해서 후회하느라 낭비한 날들을 다 합하면 꽤 많은 시간이 될 거라고. 그날 하루를 게으르게 보냈다고 혼자 판단하고 죄책감을 가지면서 더 나쁘게 만들어버린 하루들이 너무도 많았다고. 그날들이 그 자체로 얼마든지 좋은 날이었다고 인식하는 것만으로도 좋은 날을 만들 수 있었다는 사실을 간과했었다고.

　　　　나의 이런 말들이 종일 소파에 누워서 빈둥대는 사람들이 하는 핑계라고 생각하지 않는다. 또한 나는 생산적인 삶, 노력하는 삶을 반대하는 사람이 절대 아니다. 다만 개개인이 시간에 대한 진실이 무엇인지 조금 더 명철하게 바라보아야 한다고 믿을 뿐이다.

　　　　만약 내가 오늘 하루를 낭비했다는 느낌이 든다면, 한 번쯤 다각적으로 깊이 있게 생각해보자. 그렇다면 나는 이 하루를 어떻게 다르게 보낼 수 있을까? 어떻게 하면 다르게 볼 수 있을까? 여기서 나온 결론은 사람마다 다를 것이다. 가장 중요한 건 그 부분이다. 자신의 시간 가치는 다른 사람들이 어떤 방식의 시간 활용을 선호하는지를 기준으로 판단해서는 안 된다.

　　　　그리고 그 다른 사람은 무엇이 옳고 그른지 안다고 할 수 있을까? 우리가 개인적으로나 집단적으로나 무엇을 향해 가고 있는지 아는 사람이 과연 있기는 할까? 성공하고자 하는 의지나 동기는 건강한 욕망이고 아무런 문제도 없으며 가급적 충족시켜야 하는 건지도 모른다. 그러나 현실에서 그 성공에 대한 의지 아래 무엇이 있는지 살펴보면, 우리 중 어느 누구도 이해하지 못하고 어느 누구도 어디로 가는지 알지 못하는 끝없는 순환 속으로 우리를 밀어붙이는 인생이라는 힘이 있다. 어떤 사람의 삶의 동기가 자기가 시작하지도 않은 게임에서 얻는 가시적 결과―오로지 인간의 좁은 상상력 속에서의 객관적 가치의 추구―라면, 결국 누구에게든 큰 의미로 남진 않을 것이다.

　　　　단순할 정도로 멍청하게 때로는 아주 고도로 복잡하지만 한심하게, 우리는 그저 바쁘게 살기 위해서 우리의 날들을 무언가로 열심히 채운다. 사람들은 말한다. 게으른 정신은 악마의 놀이터라고. 이 말은, 어떤 한 존재가 처한 기본적이고 근본적인 조건이 고통이라는 뜻일까. 나 자신과 고요하게 앉아 있는 것, 나 자신의 생각과 함께 있는 것은 곧 내 자아로 존재한다는 것이 얼마나 매스껍고 혼란스러운지 경험한다는 말이 될 것이다. 움직이면서 멀미를 하는 대신 가만있으면서 매스꺼움을 느껴야 한다는 말일 것이다. 그러므로 우리의 디폴트 상태는 절망이자 불행이며 이 모든 것은 그 절망에서 벗어나려는 노력일 뿐이다. 마룻바닥에서 레고로 기차를 만들든 매일 아침 일찍 일어나 『포춘』이 선정한 세계 오백 대 기업을 경영하든, 인간의 모든 활동은 그 사람을 그의 자아로부터 떼어놓기 위한 방법이며 그저 활동을 위한 활동에 머무르기 위한 한 가지 방편일 뿐이다.

어떤 관점에서 본다면 우리가 생산성을 위해 그토록 노력하고 발버둥 치는 이유는 그저 인생에서 어떤 의미라도 만들어내고자 하는 미약하고 애처로운 몸부림일지도 모른다. 우리는 오늘 하루를 낭비하지 않았다고 말하기 위해 무언가를 한다. 하지만 하루를 낭비하지 않았다고 말할 수 있는 기준은 이뿐이다.—하루의 결과가 아닌 개인적인 믿음, 그것이 기준이다. 내 생각에 근본적으로 중요한 건, 개개인이 이 사실을 인식하고 자기만의 가치와 자기가 선호하는 활동을 조화시키는 것이다. 오직 나 자신에 의해, 나 자신을 위해 그렇게 하는 것이다.

우리는 발전하기 위해 일하고 노력해야 한다. 그 발전은 사회가 주입하는 발전이 아니라 내가 느끼고 경험하는 발전이고 내 자아와 내 삶이 나아가는 방향이 조화를 이루면서 서서히 전진하는 느낌이어야 한다.

인간은 각각의 내면에 있는 누구도 이해 못 하는 나만의 의미 지표에 상응하는 무언가를 향해 성장하고 움직일 때, 가장 큰 짜릿함과 활력을 느끼도록 설정되었다. 그 외에는 어떤 의미도 없다. 적어도 우리가 아는 한은 이 정도가 최선의 의미다. 그 무엇이 되었든 무언가를 하고자 하는 동기는 지금 현재 그 즉시 표현하고 경험하면서 찾을 수 있다.

삶이란 어떤 이들에게는 숨 가쁘고 속도 지향적이며 활동 반경이 넓거나 규모가 큰 생활일 수 있다. 또 어떤 이들에게는 느긋하게 흘러가는 단순하고 소박하고 고요한 생활이기도 하다. 둘 다 이 우주 자체에는 의미가 없으나 이 우주 안에서 잘 살고자 하는 사람에게는 똑같이 의미가 있다.

3장

어쩔 수 없이 지나온 것들

○ 정직과 그것의 결여

11

가끔은 삶을 피하기 위해 삶의 막대한 부분을 쓰는 것처럼 보이기도 한다. 우리는 서로서로 자신의 인생을 감춘다. 나 자신에게도 감춘다. 절망과 슬픔을 마주하기를 피한다. 마치 모두가 자기 안에서 들리는 소리를 듣지 않기 위해 귀를 틀어막고 있는 것 같다. 혹은 얼굴을 주먹으로 맞기 전에 눈을 감고 있는 것 같다. 충분히 이해가 가는 자연스러운 반응이다. 하지만 이런 태도가 살아가는 데 얼마나 도움이 되었을까?

나는 어린아이였을 때부터 설명할 수 없는, 깊은 우물 같은 슬픔을 자주 느꼈다. 아무 이유 없이 자주 흐느끼기도 했었다. 어머니가 왜 우냐고 물으면 나도 모르겠다고 답하곤 했다. 그리고 어머니에게 아무 이유가 없어도 눈물이 나올 수 있냐고 물었다. 대답을 들은 기억은 없는데 아마도 정답이 없는 질문이었기 때문일 것이다. 당시에 나는 어머니 같은 어른도 나와 똑같이 느낄 수 있고, 어머니 역시 그 이유를 모르는 것이 가능할 거란 생각조차 못 했다. 내가 인생에 던져진 인간에게 가장 기본적인 상태를 경험하고 있다는 사실, 즉 주기적으로 찾아오는, 존재와 불가분의 관계인 불안과 허무를 경험하고 있다는 것을 알지 못했다. 그저 나의 어느 부분이 잘못되었다고 생각했고 반복적으로 찾아오는 이 이상한 경험에서 필사적으로 벗어나야 하는 줄만 알았다.

어머니는 그때 내가 경험하고 있는 감정이 무엇인지 적어도 대강은 짐작했을 것이라고 생각한다. 하지만 알았다고 한들 어떤 엄마가 어린 자녀에게 이렇게 말하겠는가? 인생은 행복하고 안정적인 날들보다는 그 반대의 날들이 더 많다고. 따라서 어머니도 그렇게 대답하지 않았다. 어린 나는 왜 종종 슬프고 혼란스러운지 알지 못한 채 슬프고 혼란스러운 감정을 느낄 뿐이었다.

어언 삼십여 년의 세월이 흘렀고, 나는 그때와 똑같이 멀미를 느끼고 있다. 그때와 똑같은 그 느낌은 나를 절대 떠나지 않는다. 물론 이제는 이유를 안다. 아이러니하게도 일곱 살 아이였던 내가 나의 혼란에 대해 이유가 없다고 말한 것은 부분적으로 옳았다. 진실로, 존재의 슬픔과 절망에는 이유가 없다. 이유는 이것이다. 이유가 없다는 것. 존재의 슬픔과 절망은 우리 주위를 계속 맴돌고 있다가 우리를 잠시 잠깐 슬프게 하기도 하고, 우리의 인생을 뒤덮는 커다란 먹구름이 되기도 하지만 어떤 경우에도 자기를 제대로 설명하지는 못한다. 사실 이렇기 때문에 우리는 이 모호한 슬픔과 좌절을 가깝고도 깊이 경험한다. 만약 이유가 있었다면 그렇게까지 슬프거나 불행하지 않았을 것이다. 설명할 수 있는 슬픔, 불안, 불행은 오히려 쉽다. 쫓아가서 그 근원을 찾아내고 해석하면 극복의 가능성을 발견할 수도 있다. 반면 특별한 이유가 없는 슬픔과 불안은 치유 불가능하다. 마치 공기와 싸우고 있는 것과 같다고 할까. 그래서 이 설명할 길 없는 이유 없음이 우리에겐 최악의 이유가 된다.

　　　　더 나쁜 점은 우리 대부분 이 사실을 깨닫고 이 사실과 화해하기까지 너무나 오랜 시간이 걸린다는 점이다. 나는 초년기의 많은 세월을 이유 없는 괴로움 속에 살면서 분명히 이 괴로움에는 반드시 이유가 있을 것이라고 생각했으나 그 생각 때문에 더 엉망이 되어버리곤 했다. 나는 왜 공기와 싸워서 이길 수 있다고 생각한 걸까? 생각이라는 탈출구 없는 동굴 속에서 나를 가망 없이 소진시키면서 스스로를 아무것도 모르는 바보라고 느끼고 있었을 뿐이다.

12

　　나는 기능하는 인간의 두뇌를 갖고 있는 사람이라면 자기 존재의 부조리함에 대해 생각하지 않을 수 없다고 생각한다. 알고 보면 사람들은 대부분 어떤 이유에서든지 '이번 생은 망했다'라는 느낌을 안고 막연히 짐작하며 살고 있지만, 우리 중에 그것을 솔직하게 말할 수 있는 사람은 매우 드물다. 일상 대화에서 삶이 얼마나 부조리하고 기이한지 직접적으로 열렬하게, 정직하게 이야기하는 사람은 살짝 엉뚱하고 이상한 사람처럼 보이기 때문이다.

　　그러나 더 많은 사람이 그렇게 대놓고 말해버린다면 어떨까. 절망과 무의미를 느끼는 사람이 지금보다 오히려 더 줄어들지 않을까. 어쩌면 우리는 우리 각자의 조건 안에서 살아가는 방법에 대해 더 배우기 위해, 그러니까 피하려고 애쓰는 대신 부조리함과 어깨동무하고 살아보려고 노력하는 데 더 많은 시간을 쓰게 될지도 모른다.

　　하지만 안타깝게도 그러한 정직한 대화는 대부분 예술가, 자고 나면 잊히는 술자리 대화, 정신과 의사나

심리학자와의 상담 시간, 작가, 철학자, 거리의 실성한 자들에게만 남겨진다.

　　　이런 정직한 대화가 우리 일상에서 사라진 이유는 인간으로 살아간다는 것이 어떤 느낌인지 몰라서가 아니다. 인간이 처한 조건이 우리를 너무 무겁게 짓누르고 있어서 무슨 수를 쓰더라도 여기에서 도망가고 싶기 때문이다. 그래서 새 직업, 승진, 대중문화, 자동차, 스포츠, 다른 사람들 사정, 날씨, 바삭바삭한 치킨 등의 잡다한 이야기로 근본적인 문제를 덮어버리곤 한다.

13

나는 모든 사람들이 사실상 그 무엇이기 전에 철학자라고 생각한다. 모든 사람은 예술가, 작가, 목사, 무신론자, 사업가, 운동선수, 캐셔, 노숙인이기 전에 철학자다. 이 말은 곧 이들이 하는 모든 결정은 철학적인 결정이라는 뜻이다. 그 사람이 가진 인식과 신념도, 그것을 갖게 된 과정 모두 철학적이다. 때로는 자신이 철학자가 아니라고 믿는 것 또한 철학의 행위가 된다. 모든 행동은 철학적이다.

물론 이 용어를 보다 공적인 의미에서 본다면 모든 사람이 철학자는 아닐 것이다. 모든 사람이 정식 철학 용어를 포함한 작품, 형이상학이나 존재와 관련된 개념을 공부하거나 생산하지도 않는다. 그러나 책이나 사진 속의 철학자들과 모든 사람의 머릿속에 살고 있는 철학자들의 유일한 차이는, 라디오에서 노래가 나오는 가수와 자기 차 안에서 노래를 부르는 사람의 차이와 같지 않을까 싶다. 모든 사람이 노래하고 싶은 욕구를 같은 크기로 느끼는 건 아니다. 어떤 사람들은 음악 이론을 조금 더 잘 이해하고 더 고운 소리를 낼 줄 안다. 그들은 인생을 바쳐서 음악을 이해하고 자기 소리를 조금이라도 더 낫게 만들기 위해 노력한다. 반면 대다수의 사람은 그렇게 하지 않고 차 안에서만 노래한다. 그리고 아마도 그래야 할 것이다.

언어 능력, 논리, 인식, 분석, 자기 이해를 활용해 아이디어를 창조하고 공유하는 일을 잘하는 것을 재능이라고 한다. 또는 지적 역량이라 할 수도 있겠다. 그러나 이 역량이 사람과 사람을 분리시키진 않는다. 깊이 있는 철학적 사고를 하고 의견을 나누려는 내적 동기는 우리 안에 있다. 우리 안의 이런 표현의 욕구 때문에 우리는 딱히 잘 부르지 않지만 좋아하는 노래를 흥겹게 따라 부르는 것이다.

나는 이 세상이 인문학과 과학을 음악과 비슷한 관점에서 보았으면 한다. 더 많은 청소년들이 개념과 사상이라는 짜릿한 세계에 깊이 관여하고 활발하게 토론하고 서로를 응원하는 세상이길 바란다. 잘하지는 않더라도 모두가 할 수 있다고 느끼길 바란다. 그렇다면 적어도 우리가 노래를 듣고 따라 부르기를 더 즐길 수 있게 되지 않을까.

나도 깊이 있게 생각하고 표현할 수 있는 사람, 나도 노래할 수 있는 사람이라고 생각하는 태도가 나를 도와줄 수 있으리라는 걸, 이제는 안다.

14

서른다섯 살의 나는 이제까지 나 자신을 포함
해 어느 누구와도 완전히 진실하고 정직한 대화를 나눈 적이
없는 것 같다. 언제나 두려움과 한계 속에서 살았고 나의 생
물학적 욕구, 감정 상태, 소망, 주변 사람들, 사회 시스템, 주
위 환경 또 내가 알지 못하는 영역이라는 한정된 조건에 부
합하면서 살기에 급급했다. 이 정신없는 세상에서 적응하며
살아가는 와중에도 내 자아의 핵심, 알맹이라고 할 수 있는 것
을 애타게 이해받고 싶어 했다. 그러나 나의 영혼은 남에게 충
분히 보이고 관찰되고 소통되지 않았고 따라서 이해되지 못
했을 것이다.

그래도 계속 시도하고 싶다. 나 자신의 현재
버전을 이 세상에 완전히 솔직하게 표현하기 위해 작은 노력
이라도 해보고 싶다. 적어도 내가 동원할 수 있는 솔직함을
모두 가져오고 싶다. 지금 내가 쓰고 있는 이 글 또한 그런 노
력의 일환이다.

하지만 대부분 사람들처럼 나 또한 고군분투

하고 있을 뿐이다. 깊이 묻혀 있는 나 자신의 일부를 찾는 일, '나'라는 단어를 중얼거릴 때 '나'의 일부가 아닌 척하는 부분들, 내가 싫어하고 두려워하고 잘 모르는 부분을 찾아서 드러내기란 무척 어렵다. 그러나 우리 안에 웅크리고 있는 이 자아는 한낮의 햇살을 애타게 갈망하고 있지 않을까. 조금 더 빛을 비춰줘야 하지 않을까.

물론 앞으로 어느 누구에게도 온전히 이해받지 못할지도 모르지만 우리가 할 수 있는 한 나의 진정한 자아를 발견하고 드러내는 것이 진정 가치 있는 노고이며 의무 중에 하나라고 생각한다. 자기의 핵심을, 타인의 핵심을 향해 파고들어가고 대면하고 탐험하고 표현하기. 그 핵심이 아무리 어렵고 어둡더라도 시도해보기. 이 과업 안에 궁극적인 해답이 있어서가 아니라 해답이 없을 수 있음까지도 대면하는 능력을 키우기 위해서다.

정직한 대화, 글쓰기, 철학, 예술, 자기 표현이 아닌 거의 모든 의무와 활동, 즉 인간의 일상생활과 다양한 모험 등은 대체로 자신의 인생과 자아에서 도망가려는 시도가 아닐까 한다. 나 또한 다른 많은 사람들과 마찬가지로 내 자신에게서 도망치기를 반복해왔다. 하지만 나는 현재 막다른 골목에 도달했고 이제 도망갈 수 없다는 점이 명백해졌다.

15

우리는 자신의 내밀한 고통을 내보이지 않는다. 내가 나로 산다는 일이 얼마나 힘겹고 처절하고 악몽 같은지 인정하려 하지 않는다. 진짜 하고 싶은 말을 하는 경우는 별로 없다. "어떻게 지내요?"라는 질문에 "잘 지내"라고 대답한다. 잘 지내는 것과 전혀 상관없이 지내면서도 그렇다. 이런 일은 매일 이어진다.

평범한 일상 대화 속에서는 이렇게 하는 편이 자연스러울 것이다. 안 그래도 무거운 인생을 책임지고 있는 사람들에게 나의 슬픔과 복잡한 사정을 얹어주고 싶지 않으니까. 그렇기 때문에 우리가 진정 솔직해지기 위해서는 어느 정도는 무심하거나 이기적이어야 할지도 모른다.

우리가 먼저 다른 사람들에게 마음을 열어야만 그들도 우리에게 마음을 열고 그들의 슬픔과 고민의 일부를 덜어낼 수 있다. 모든 사람이 먼저 마음을 열어야 위로받는 상황 안에 있지만 대부분의 사람들은 자기가 먼저 그 말을 꺼내지는 않는다. 대체로 눈치가 보이거나 상황에 어긋난다고 느껴서다.

　　　모든 사람이 진심으로 어떻게 느끼는지 ― 그러니까 실은 잘 지내지 못한다는 점 ― 를 말해야 한다는 필요와 어떤 사람도 그러한 사실을 정면으로 마주하고 싶어 하지 않는다는 모순은 우리를 갈등에 빠지게 만든다. 마치 모두가 숨기기 게임에 동참하기로 한 것만 같다. 각자의 쓰레기를 자기 방에 숨겨놓는 것이다. 어느 정도까지는 충분히 그럴 수 있다. 하지만 이 세상의 모든 쓰레기들이 각자의 방에 숨겨져 있고 매일 밤 이 악취 속에서 자고 있다면, 자신에게만 지독한 냄새가 나고 다른 모든 사람은 상쾌한 잠자리에서 잠을 청한다고 느끼게 되기 쉽다. 나만 못나고 망가지고 다른 모든 사람들에 비해 열등하다는 생각을 하며 뒤척이다 뒤숭숭한 꿈에 빠지는 것이다. 그러나 내가 모든 사람과 같은지 다른지를 확신할 수 없다는 점에서 모두 같은 자리에 있다.

　　　진실을 보자. 모든 사람의 가슴속에는 연약하고 예민한 알맹이인 영혼이 있고 이것은 다른 사람들의 관심, 동정, 사랑, 정직을 바란다. 하지만 이 영혼이라는 알맹이는 이 중 어떤 것도 쉽게 얻지 못한다. 그 결과 우리는 자주 상심에 빠지고 외톨이라고 느낀다. 그저 나뿐만 아니라 다른 사람도 모두 나 같다는 걸 안다면 내 기분이 어떨지 가만히 질문해볼 뿐이다.

가끔은 기분을 끌어 올리기 위해 밝고 행복한 음악을 들어야 한다. 가끔은 행복해지기 위해 구슬픈 음악을 들어야 한다. 가끔은 의지와 낙관주의라는 클리셰가 필요하다. 가끔은 내가 실제로 어떤 사람인지 이해하기 위해서 울적한 현실을 대면할 필요도 있다.

우리 자아의 어두운 부분과 매일 투쟁하고 있을 수도 없고 다른 사람에게 나의 이 무거운 짐을 떠넘길 수도 없다. 그러나 언제까지 그 암흑을 외면할 수만은 없다. 그 자리에 없는 척할 수만은 없다.

일반적으로 이것이 바로 예술과 문학과 철학의 존재 이유가 아닐까 한다. 살면서 내가 읽은 모든 감명 깊은 책, 내가 보았던 모든 감동적인 영화, 내가 웃었던 코미디, 모든 경이로운 미술 작품은 내가 누군가와 해야 하지만 직접적으로는 할 수 없었던 대화로 날 이끌어주곤 했다. 내가 나 자신과만 할 수밖에 없던 대화들이 내 안에만 존재했던 대화가 아니었다는 사실을 드러낸다. 그보다는 우리 한 사람 한 사람을 구성하고 있는 이 이상한 기질은 알고 보면 우리 모두가 갖고 있는 공통된 기질이기도 했던 것이다. 이 깨달음이 얼마나 위대하고 신성한지 생각할수록 놀랍고, 생활 속에서 얼마나 적게 이용했는지를 생각하면 슬프기도 하다. 세상 사람들이 조금 더 마음을 열고 자신의 경험을 있는 그대로 풀어놓고 공유했더라면 얼마나 좋았을까.

어쩌면 이 세상이 필요로 하는 것은 더 많은 진실이 아닐지 모른다. 하지만 정직함과 솔직함은 지금보다 더 필요하지 않을까. 문학과 예술을 통해서만 나올 수 있는 대화들을 주류 문화와 우리 일상에서도 더 자주 적용할 수 있었다면 어땠을까. 아마 솔직한 표현이 많아져서 세상의 중심이 조금 더 잡혀 있을 것이다. 그렇게 되면 사람들은 자신에게 중요한 것이 무엇인지 알아볼 것이다. 친구나 가족들을 덜 피하게 될 것이다. 싸구려 돈벌이 할리우드 프로젝트에게 덜 잠식당할 것이다. 오직 시장 확장을 목표로 인간을 가차 없이 이용하는 산업에 의해 감각이 둔화되고 물화되는 일은 적어질 것이다.

과연 그런 세상이 존재할 수 있을까?

16

지난 몇 주 동안 평소 만나지 못했던 친척과 친구들이 나를 방문했다. 나는 솔직히 그들이 찾아오지 않길 바랐다. 물론 그들 입장에서는 인간적인 행동이고, 또 어떤 이들은 이렇게 개인적으로 어려운 시기에는 사람들과 교류하는 편이 정신건강에 이롭다고 생각할 수도 있지만 나는 대체로 내가 그들의 일상을 방해하고 번거롭게 했다는 생각에 기분이 꺼림칙했다. 그리고 그 무엇보다 나는 절실하게 혼자 있고 싶었다.

한 가지 우스운 건 평소에 날 찾아오지 않던 사람들을 만날 때마다 내가 죽어가고 있음을 실감한다는 사실이다. 더 웃긴 부분은 오직 죽음만 직시하게 만드는 만남에서 모두 나에게 어떻게 지내는지 묻고 나는 "괜찮아요, 잘 지내요"라고, 마트 계산대 앞의 점원에게나 하는 답을 한다는 것이다.

17

오전에 사촌 동생 헨리와 함께 시간을 보냈다. 두 살 어리긴 해도 나보다 덩치 큰 성인 남자를 '작은 동생'이라고 부르니 이상하지만 굳이 따지면 그는 나의 작은 동생이 맞다. 보통 나는 헨리를 포함한 친척들을 여간해선 잘 만나지 않는 편이다. 크리스마스 같은 명절이나 결혼식에서 한두 번 얼굴을 보고 어색하게 안부를 물을 뿐이고, 부모님과 조부모님 외의 친척과는 그리 가깝게 지내지 않았다. 나에게는 모두 합하면 열네 명의 사촌과 고모, 이모와 삼촌이 있지만, 그들 중 어느 누구와도 인간 대 인간으로 잘 알지 못하고 그들과 함께 있는 것이 편치 않다.

가족이란 개념은 정말 이상하다. 임의적인 혈연이라는 점 외에는 공통점도 없고 내가 제대로 알지 못하는 사람들과 평생 관계를 쌓아가야 한다. 마치 내가 선택하지 않은 친구의 친구들 같다. 물론 모든 사람에게 해당되는 이야기는 아닌 줄 알지만 적어도 나에게는 그렇다. 그래도 헨리는 어떤 면에서는 나와 가깝다고 느끼는 유일한 사촌 동생이다. 여섯 살부터 열두 살 때까지는 종종 같이 어울려 놀았지만 그 이후로는 점차 멀어졌다. 그때부터 우리는 똑같이 느끼지만 굳이 말로 설명하기는 어려운 이도 저도 아닌 관계를 유지해왔다. 아마 대부분의 사람들이 나누고 있는 평범한 관계일 거라 짐작해본다. 그래도 헨리와 이야기하기 위해서는 언제나 약간의 노력이 필요했다.

헨리와 만나 뭔가 소통해보려 할 때마다, 아니 대체로 모든 사람과의 소통에서도 약간의 불편함과 어색함을 느끼며 살아왔다. 나는 말할 때 진중한 편이고 요점을 제대로 전달하고 싶어 말이 길어지기도 한다. 특별한 의도나 이유는 없다. 작가라는 특성 때문인지 내가 쓰는 단어와 문장에 유난스러울 정도로 정확도를 따지는 편이라 할까. 나와는 다른 인물을 연기하고 싶어서도 아니었고, 사촌이든 누구에게든 논리적인 사람이라는 인상을 남기려는 의도도 없었다. 그럼에도 헨리를 만날 때마다, 아니 헨리처럼 친하지도 안 친하지도 않은 누군가를 만날 때마다 나는 내가 하는 말과 나 자신을 의식하면서 불안해했다. 만나기 전에 상대를 지나치게 의식할 필요 없다고, 신경 쓰지 말고 편하게 대하자고 생각해도 어쩔 도리가 없었다. 그 관계 안으로 들어갔을 때 나를 내려놓는 것은 질서와 통제의 부족이라 여기는 듯했다. 결국 나는 불안해지고 소심해졌다.

지난 크리스마스 이후로 헨리와 나의 또 다른 사촌을 오늘 처음 만났다. 헨리와 그의 여동생과 나의 고모와 고모부인 그의 부모가 나를 보고 싶다고 찾아온 것이다.

다들 음식을 사러 가고 헨리와 나만 남았다. 우리는 나란히 앉아 같이 텔레비전을 보면서 이야기를 시작했다. 단순한 내용의 대화였지만 충분히 유쾌했다. 실로 오랜만에 경험한, 최근 나눴던 가장 좋은 대화 중 하나였고 헨리와 나눈 대화 중에서는 가장 값진 대화였다. 우리는 왜 이 프로그램이 한심하지만 재미있는지에 관해서 이야기했다. 인생도 그런 식으로 우스꽝스러울 뿐이라는 의견도 내놓았다. 그 프로그램을 보며 떠오른 각자의 추억도 공유했다. 우리는 그저 말을 했다. 말하고 싶은 내용 외에는 그 무엇도 생각하지 않았다. 헨리도 그런 듯했다. 서로 경계하지 않으면서도 존중했다. 아주 좋은 대화였다.

사람들과 말한다는 건 참 이상한 일이다. 일단 어렵다. 어쩌면 그것이 어려운 이유는 잘하기 위해 무척이나 애를 쓰기 때문일 것이다. 헨리와의 대화가 이전의 대화나 다른 모든 대화들보다 편안하게 느껴졌던 이유는 대화를 매끄럽게 이끌어야 한다는 생각, 말을 조리 있게 해야 한다는 생각을 전혀 하지 않았기 때문인 것 같다. 나는 항상 나 자신에게 말을 걸고 있고, 이 또한 지치는 일이기도 하지만 사람들과 대화할 때처럼 힘들지는 않다. 이제까지 내가 했던 최고의 대화는 나와의 대화였다고 할 수 있다.

대화를 할 때 내가 어떻게 인식되고 이해될지를 미리 예측하고 통제하려고 노력할 때마다 이상하게 결과는 더 나빠진다. 적절하고 맞는 말을 찾기 위해 노력하다 보면 진짜 속마음을 드러내려 하기보다 회피하는 경우가 더 많다. 그러나 지나고 보면 진짜 속마음에서 우러난 말이 그 대화에서 더 필요한 말이었을 때가 많다. 계속되는 겉핥기 느낌의 대화 속에서 당신은 당신의 사진을 찍은 사진이 된다. 해상도가 아주 낮은 인위적으로 합성된 버전의 사진이 되고, 당신을 돋보이게 하고 흥미롭게 하고 풍부한 연대를 가능하게 해주는 당신만의 개성은 희미해져버린다.

나는 왜 지금에서야, 그러니까 죽음을 눈앞에 두고서야 내 생각을 말할 때 그렇게까지 노력해야 할 필요가 없다는 것을 깨달았을까. 그러니까 남들에게도 내가 나에게 말을 걸듯 하면 된다는 걸 알지 못했을까. 무엇이든 너무 늦었음을 제대로 깨닫기 위해서는 왜 언제나 너무 늦을 때까지 기다려야 하는지 모르겠다.

어느 자리에서나 생각나는 대로 말할 수 있어야 한다고 주장하는 건 아니다. 때로는 나의 생각이 진심이 아닐 수도, 내가 원하거나 동의하는 바가 아닌 경우도 많기 때문이다. 게다가 떠오르는 대로, 거침없이 내뱉고 돌아다닌다면 부정적인 결과가 따를 수밖에 없다. 세상 만물처럼 말에도 균형이 필요하다. 그리고 대부분의 균형처럼 그 균형을 매 순간 간파하고 한쪽으로 치우치지 않게 유지하는 것은 거의 불가능한 과업이다. 또한 우리는 마음을 여는 행동과 반대되는, 자기 회피나 통제 쪽으로 가는 경향이 있긴 하다. 그렇게 어떤 쪽으로든 치우칠 수밖에 없다면, 자기 자신에 가까워지고 호감을 덜 사는 편이 사람들이 듣기 좋아하는 말만 늘어놓는 것보다 낫다.

타인에게 사랑받으려는 노력은 제로섬게임이다. 사람들이 듣고 싶어 한다고 생각한 말을 했을 때 그 생각이 틀렸다면 그들은 당신을 좋아하지 않을 것이다. 반대로 사람들이 듣고 싶어 할 거라 생각하는 말을 했고, 그 생각이 맞았다면 그들은 진짜 당신이 아닌 그 말을 하는 당신을 좋아하는 셈이 된다. 둘 다 지는 게임이다. 적어도 말하고 싶은 것을 말했을 경우에는 사람들이 나를 좋아하든 그렇지 않든, 그 순간에 당신의 진짜 모습을 좋아하거나 싫어한 것이 된다.

사촌과 내가 멀어진 것이 이 이유 때문은 아닌지 궁금해졌다. 솔직하지 못했고 진짜 나 자신이 되지 못해서가 아니었을까. 내가 그동안 수많은 관계를 놓치고 친밀감을 잃은 이유는 이 때문이 아닐까. 내가 아닌 다른 사람이 되려고 너무 노력했던 건 아닐까. 결국 어떤 시점이 지나면 진짜로 존재하지 않는 사람과는 친해질 수가 없다.

다른 사람들이 날 어떻게 생각하는지 전전긍긍하느라 나의 진짜 모습을 기꺼이 희생해왔다는 점이 한심하고 안타깝다. 그럼에도 이런 행동은 아름다울 수 있다. 우리 안에 나약함과 강인함이 동시에 존재한다는 역설의 증거가 바로 이것이 아닐까 싶다. 다른 사람들이 날 좋아했으면 하는 이 마음 말이다.

궁극적으로 내가 바라는 수준만큼, 누군가 나의 내면세계와 성품을 좋아한다는 건 불가능한 일이다. 마찬가지로 나는 내가 어떤 사람인지 너무도 잘 파악하고 있기에 나 자신을 온전히 좋아할 수 없다. 밑바닥까지 아는 사람을 좋아할 수는 없는 법이다. 당연히 어떤 누구도 당신을 완전히 좋아할 수는 없다. 모든 사람에게는 어떤 면에서든 좋아하기 힘든 구석이 있기 마련이다.

18

       나와 나 자신과의 관계, 내 자아에 대한 나의 인식, 다른 사람에 대한 우리의 인식, 우리 자아와 소통하는 온갖 것들이 나의 자아를 형성해왔기에 자아는 지속적으로 변할 수밖에 없다. 우리는 자아를 한 번도 완전히 파악했다고 말할 수 없는데, 이 자아도 다른 이들의 피드백이라는 궤도에 갇혀 있기 때문이다.

       우리는 지금의 나를 창조하지 않았다. 나라는 사람을 일관적으로 유지시킬 힘도 없다. 그럼에도 나는 나의 주인이 되어야 하고 모든 순간마다 나를 표현해야만 한다.

4장

오직 나만이 할 수 있는, 나로 살아가는 일

19

　　지난 몇 달간 지인들과 꽤 많은 시간을 보냈다. 내가 지인이라고 할 수 있을 만한 사람들 중에는 가까운 가족이나 먼 친척도 있었고 친구도 있었다. 물론 정다운 시간이었고 오랜만에 만난 얼굴들이 반갑기도 했다. 그러나 이상하게도 점점 더 강렬하게 혼자 있고 싶어졌다.

　　혼자 있고 싶은 마음 자체로는 이상할 것이 없었다. 대체로 나는 평생 동안 이런 갈망을 느껴왔기 때문이다. 나는 사람들을 좋아한다. 그러나 대부분의 경우 약간 거리를 두고 좋아하는 편이다. 친구들과의 만남을 즐겼고 사교 생활도 적당히 했지만 대체로 언제나 고독한 시간을 선호하는 편이었다. 연인과 사귀고 있을 때도 그러했기 때문에 이로 인해 마땅히 생길 법한 갈등이나 문제가 불거지기도 했다.

　　이상한 건 고독에의 갈망이 아니라 날이 갈수록 그 갈망이 점점 더 증가하고 있다는 점이다. 막연히 상상하기로 나의 이른 죽음이라는 낯설고 특이한 상황에서라면 아무리 나라고 해도 홀로 보내는 시간이 줄어들 줄 알았다. 내게 남은 시간이 한 줌밖에 없다면, 그러니까 내가 다시는 이 사람들 얼굴을 볼 수 없고 그 사람에게 하고 싶었던 말을 남길 기회가 없다면, 그동안의 인연과 가능한 한 많은 시간을 나누고 싶어지는 것이 인지상정이 아닐까. 그러나 예상과 달리 내가 가장 오래 함께 있고 싶은 사람은 남이 아닌 나였다.

어쩌면 그리 이상한 일이 아닐 수 있다. 내가 살아오는 동안 줄곧 고독을 원했다면 죽음으로 가는 과정에서도 고독을 원하는 것이 자연스러운 행동이지 않을까?

솔직히 말하면, 지금 글을 쓰고 있는 이 순간에 누군가 내 방에 들어온다면 딱히 내게 도움이 될 말이나 행동을 해줄 것 같지가 않다.

홀로 있는 모습에 보편적으로 외로움이라는 이름이 붙지만 나는 외롭다고 느끼지 않는다. 사실 한 번도 없었다고 해야 할까. 물론 단순히 혼자 있는 것과 세상에 나 혼자뿐이라고 느끼는 것은 완전히 다르다. 우리는 문자 그대로 혼자 있다고 해서 반드시 혼자라고 느끼지는 않는다. 그렇다고 어떤 사람과 한 공간에 있다 해서 그와 반드시 가깝다고 느끼는 것도 아니다. 외로움의 원인이 물리적인 거리에 있지 않은 건 명백하다. 그보다는 내가 **몸담고 있는 세상**, 그 안에서 나 자신과 교감하는 능력에 따라 달라진다. 일반적으로 혼자 있을 때 이러한 교감을 최대한 이끌어내는 고독한 사람이, 언제나 사람들 가운데에 있으면서도 실은 혼자 있는 것을 즐기는 사람보다 더 자기답게 살고 있다고 할 수 있다.

물론 사람마다 사회성 지수도 다르고 선호도나 취향도 다를 것이다. 나에게는 언제나 일정량의 고요함과 평화가 절대적으로 필요했고 그 두 가지를 내 의지대로 취할 수 있는 상황을 원했다. 물론 완전히 가능하지는 않겠지만 누구나 혼자 있어야만 닿을 수 있는 장소가 있다. 그 장소는 아무 방해 없이 내 생각에 귀 기울이고 내 생각과 놀 수 있는 곳이다.

평생 동안 나에겐 절대적인 고독의 시간이 필요했고 특히 지금은 더 절실하게 필요하다. 세상의 소음이 충분히 잠잠해지면 내 머릿속에서 지속적으로 들려오는 소리를 제대로 들을 수 있다. 다른 소리를 모두 끄고 나면 배경에 고정적으로 깔려 있는 소리를 알아챌 수 있다. 자아의 속삭임을 들으며 충분히 오래 앉아 있다 보면 점차 이 소리와 더 잘 지내는 방법을 배우게 된다. 쉽게 알아채게 되고 익숙해진다. 내 관심을 끈질기게 요구하는 나만의 생각을 더 잘 처리할 수 있게 된다. 무엇이 나다운지 발견하고 그 발견을 일상 속에서 잘 활용하며 살아갈 수 있다.

대부분의 사람들이 혼자 살다 혼자 죽는 것을 두려워하지만, 혼자가 되는 걸 두려워하는 사람이 정작 진정한 자기 자신을 알기 위해 얼마나 노력하는지는 의문이다. 어른으로 성장한 이후에는, 자기 자신과 문제없이 잘 지내고 싶은 사람에게 가장 절친한 친구는 고독이어야 할 것이다.

나는 우정을 절대 하찮게 여기진 않지만 조금은 과대평가되었다고 생각하기도 한다. 물론 친구들과의 진정한 우정이 내 인생에 미친 지대한 영향과 소중한 가치를 부정하지는 않는다. 이 세상에 어느 누가 진정한 우정의 가치를 반대할까? 아마 산속에서 수십 년째 홀로 지내고 있는 사람도 우정의 소중함은 반박하진 못할 것이다. 인생을 살다 보면 곁에 있어줄 사람이 적어도 한 사람이나 혹은 몇 사람이 필요하고 우리도 그들 곁에 있어주어야 한다. 우리 모두에겐 적어도 곁에 누군가 있다는 느낌이 필요하다.

우정과 고독은 절대로 반의어가 아니다. 진정한 우정은 그 우정을 충분히 가꾸고 유지할 수 있을 만큼 자기를 잘 아는 사람으로부터 형성된다. 자기 내면에서 평온을 찾지 못한 사람은 다른 사람을 괴롭히고 닦달하면서까지 그 평온을 구하려 한다. 관계에 집착하거나 의지하면서 자신의 안녕을 다른 사람들의 어깨 위에 올려놓으려 한다. 이런 관계에서는 바람직한 우정이 탄생하거나 성장할 수 없다.

나는 타인과의 친교를 갈망하지만 나와의 친교를 갈망하는 만큼은 아니다. 내가 나 자신에게 좋은 친구가 되기 위해서는 일정량의 깊은 고독이 반드시 필요하다. 또한 역설적이지만 타인에게 좋은 친구가 되기 위해서도 일정량의 고독이 반드시 필요하다.

한 명의 좋은 친구는 백 명의 친구만큼 가치가 있다. 그리고 평화로운 고독은 천 명의 좋은 친구만큼 가치가 있다.

우리는, 우주 안에 있는 우리만의 공간인 우리 자신 안에서만 고립되어 살아가고 있다. 태어날 때부터 죽을 때까지, 살면서 나의 머릿속을 스쳐가는 모든 것을 경험하는 것은 오로지 나뿐이다. 수만의 군중 속에 있을 때도 각각의 사람들은 모든 것을 개별적으로 받아들인다. 모든 사람들은 개별적으로, 두뇌마다 다르게, 순간마다 다르게, 한 번이자 영원토록 홀로 경험하게 된다. 그렇기 때문에 당신은 당신의 유일하고도 진정한 희망이어야만 한다.

20

나는 내가 될 수 있는 최고가 될 수는 있지만 나보다 더 나은 사람이 되지는 못한다. 내가 뭔가를 얼마나 잘해내는지 아는 방법은 내가 그 일을 얼마나 못하는지 아는 데 있다.

"넌 할 수 있어"라는 말은, 들을 때에도 할 때에도 가장 마음 편해지는 문구다. 현대사회의 진부한 경구 중에서도 단연 으뜸이다. 하지만 우리 중 일부는 그저 '못한다'에 그친다. 혹은 할 수 있지만 자신이 무엇을 할 수 있는지를 끝까지 알아내지 못하고 생을 마치기도 한다.

확실한 건 어느 누구도 어떤 일을 했거나 해내지 못할 때까지는 그것이 할 수 있는 일인지 아닌지를 도무지 알 길이 없다는 것이다. 어떤 사람들은 엉뚱한 일을 택하여 자기의 길이 아닌 길을 가면서 세월을 허비하기도 한다. 어떤 이들은 선택했다면 탁월하게 해냈을 일을 찾아내기 바로 전에 포기하거나 죽기도 한다. 또 어떤 이들은 그것이 어떤 일이든 특별히 위대한 일을 할 정도의 재능과 인내심을 갖추지 못한 경우도 있다. 하지만 그렇다고 시도하지 않아야 한다는 뜻은 아니다. 인생에서 가장 중요한 것은 어떤 관심사가 있거나 재능이 있다면 반드시 시도는 해보아야 한다는 것이다. 할 수 있는지 아닌지를 아는 유일한 방법은 그뿐이기 때문이다.

찰스 부코스키는 이런 유명한 말을 남겼다. "무언가를 시도할 계획이라면 끝까지 가라. 그렇지 않으면 시작도 하지 마라." 최악의 경우는 한 번도 시도하지 않아서 성공하지 못할 때 혹은 시도했으나 그 일과 자신이 맞지 않아 성공하지 못할 때이다. 똑같은 실패라도 후자만이 기회라는 중대한 요인을 안고 있다. 그리고 이것이 어쩌면 싸워볼 만한 가치가 있는 유일한 기회일 것이다.

물론 우리는 시도한다 해도 모든 단계마다 스스로를 의심할 것이며 성취를 이룬 후에도 의심은 사라지지 않을 것이다. 여전히 혼란스럽고 불안하고 확신이 생기지 않고 행복하지 않고 그러다 죽을 것이다. 그러나 당신은 자신이 원했던 삶의 길을 걸어보고 결국 증명할 수 있을 것이다. 당신의 눈에 가치 있어 보이는, 단 하나의 목적을 향해 나아가는 경험을 하게 될 것이다. 당신은 이것을 자기 것으로 가져가서 흥미롭다거나 의미 있다거나 도움이 된다거나 가치 있다고 여기는 무언가로 만들게 된다. 당신은 우주라는 재료를 무에서 유로 변화시키게 된다. 이 행위는 오직 당신 머릿속의 의식이라는 고유한 무언가만이 알아채고 이해할 수 있다.

21

우주는 무에서 생겨났고 마땅한 이유가 있어서, 어쩌면 아무 이유 없이 존재하게 되었다. 두 가지 모두 임의적이고 독단적일 뿐이다.

이 은하계는 미지의 무작위적인 순서로 물질, 가스구름, 먼지, 중력의 조합을 통해 생겨났다. 붕괴되고 엉겨 붙고 소멸하고 생장했다. 이 지구라는 행성 또한 미지의 무작위적인 하위 시퀀스를 거쳤다. 기체와 먼지 입자가 만나 소용돌이치면서 잠재적으로 태양과 별을 구성하는 요소로 변했다. 생성된 기체와 액체의 덩어리는 냉각했다가 굳었다가 적절한 공간에서 적절히 혼합되었고, 이후 액체를 머금은 혜성이 지구에 물과 얼음을 전달했다. 이 과정은 세찬 바람 속에서 모래주머니를 던져 어디에 곡식을 심을지 정하는 것만큼이나 그저 순수한 운에 따라 일어났다.

우주의 모든 순간에 영향을 미치는 무작위성의 크기는 각각의 사람들의 두뇌 안에서 일어나는 무작위성의 크기와 같다. 그리고 이 무작위성을 통해 — 이 혼돈을 통해 — 한 자아가 탄생한다.

가끔씩 이런 상상을 해보게 된다. 내가 실제로 태어난 장소에서 서쪽으로 오천 킬로미터 떨어져 있는 곳 근처에 사는 부모에게서, 그 부모의 자녀로 몸과 마음을 갖고 태어났을 수도 있지 않았을까. 그 가정의 어린이로 그 조건에 맞춰 성장하다가 어른이 됐다면 지금의 나나 당신과는 완전히 다른 사람일 것이다. 그 사람은 좋은 사람일 수도 아닐 수도 있고, 재능이 있을 수도 없을 수도, 성공했을 수도 아닐 수도, 불행했을 수도 아닐 수도 있다. 어쩌면 당신은 그 사람의 운명이 끔찍하게 싫을 수도 있다. 그러나 이 우주라는 기이하고 불가해하고 독단적인 우연들을 생각해보자. 당신은 얼마든지 지금의 당신 대신 그 사람이 될 수도 있었다.

모든 사람이 그저 완전한 우연에 의해 자신이 된다. 내가 나라는 사람으로 태어나 내가 될 사람이 되는 이 순서와 과정의 어떤 부분도 내가 택하지 않았다. 아무도 그렇게 하지 못한다. 그러나 다만 우리는 작은 선택권을 갖고 있을 가능성은 있다. 내가 어떻게 태어났건 지금의 나에게 걸맞은, 나와 조화를 이루는 선택을 하면서 살아갈 수는 있다. 어쩌면 우리에게 중요한 건 그뿐일지도 모른다.

22

개개인의 역량과 조건은 각양각색이고 자기 스스로를 믿고 표현하는 능력 또한 동일할 수 없다는 주장은 충분히 수긍할 수 있다. 만약 본인의 의지와 전혀 상관없는 무작위적이고 자연 발생적인 작동 방식에 따라 어떤 사람이 된다면, 그 사람이 자기를 이해하고 지키고 자기에게 다가가는 능력 또한 본인의 의지를 벗어난 무작위적이고 자연 발생적인 작동 방식에 의한 것일 수도 있다.

내가 처한 환경을 우리 뜻대로 좌지우지하지는 못하지만, 내가 어떤 사람인지 알아내는 능력도 내가 장악할 수 없지만, 혼란스럽고 제한된 조건 안에서 다만 진실되고 정직하다면, 자신의 진정한 자아와 합일을 이룰 수도 있을 것이다. 내가 어떤 사람이 될지 자신의 의지로 선택할 수도 없고 이해할 수도 없다 해도, 나에게 선택과 의지와 이해가 부족하다는 것을 솔직히 대면하려는 시도 속에서는 정직한 자기표현이 조금이나마 가능해진다.

자기표현이란 자기를 선택하고 통제하고 자

신을 아는 것이 아닐 수도 있다. 내가 할 수 있는 것과 하지 못하는 것에 대해 얼마나 솔직하려고 노력하는지에 대한 문제일 수 있다. 이 모든 혼돈 속에서도 나 자신이 되고자 하는 것이 곧 자기표현이다.

그 어떤 사람도 나와 동일한 조합으로 태어나지 않았기 때문에 다른 사람이 나의 두개골 안으로 들어와서 이 현실을 경험하는 일은 앞으로도 영원히 없을 것이다. 이것은 모든 인간에게, 물리적 세계를 지나친 적이 있는 모든 존재에게 해당된다.

사람들 한 무리가 똑같은 위치에서, 똑같은 망원경을 들고, 똑같은 하늘을 향하고 있다 해도 똑같은 하늘을 보지는 않는다. 물론 현상적으로는 같은 하늘로 보이겠지만 실제적으로는 다른 하늘이다. 그보다 더 중요한 것은 각각의 사람은 자신만의 현재 감정과 과거 기억의 독특한 조합이라는 필터를 통해 같은 하늘을 남들과는 다르게 지각하고 해석한다는 점이다. 하늘을 보고 있을 때의 기분에 따라서도 달라 보일 수 있다. 하늘에 대해 각자가 가지고 있는 의미에 따라서도 다를 것이다. 그 순간 어떤 생각을 하고 있고 가슴에 어떤 여운이 남아 있는지에 따라서도 다르다. 이외에도 또 다른 요소들이 있을 것이다. 아니면 이 모든 요소들이 합

쳐질 수도 있다.

　　이 세상 많은 사물과 순간은 이와 같은 방식으로 작동한다. 어떤 사람도 다른 사람이 경험했거나 하게 될 경험과 완전히 동일한 경험을 할 수는 없다. 정확히 같은 시간에 정확히 똑같은 일이 일어났다 해도 그렇다.

　　내가 이 모두를 경험하는 방식을 제외하고는 어떤 것도 온전히 내 것이라고 할 만한 건 없지 않을까. 우리 각자는 오직 경험의 방식, 그 하나만 소유할 수 있다. 특정한 순서의 특정한 경험만큼은 오로지 내 것이라 할 수 있다. 어쩌면 내가 아니라 그쪽에서 우리를 소유하는 것일 수도 있고, 우리는 그 무엇도 선택하지 못한다고 볼 수도 있으리라.

　　궁극적으로 우리는 딱 한 장의 입장권만 갖고 있다. 극장에 들어가면 지정된 좌석에 앉아야 하고 그 좌석에서의 경험만 할 수 있다. 그렇기 때문에 내 자리에서 최선을 다해 즐기고 내 자리에서 어떻게 보였는지 다른 사람들과 나누어야 한다. 가장 먼저 나를 위해서 그리고 극장에 있는 모든 관객을 위해서. 또한 이 연극을 위해서도 그렇게 하는 편이 좋다.

　　자신만의 고유하고 특별한 경험으로 무엇을 하고 싶은지 ― 어떻게 해석하고 믿으며 무엇을 보고 느끼는지 — 전혀 표현해본 적 없고 하려고도 하지 않는 삶이란, 주인이 없는 자아로 사는 삶이라고도 할 수 있을 것이다. 실현되지 않는 삶이다. 진정 산다고 할 수 없고 명목상 앞으로 나아가는 일일 뿐이다.

인생은 혼란스럽고 가혹하고 실망스럽고 내 뜻대로 되는 일은 여간해선 없다. 대체로 겨우 참을 수 있는 수준일 뿐이다. 따라서 인생을 조금이라도 덜 그렇게 만드는 작업이 우리에게 얼마 주어지지 않는 위대하고도 중요한 과업이다. 공허한 욕망과 거짓된 약속에 현혹되지 않기, 얻을 것 없고 의미도 찾을 수 없는 불필요한 혼돈과 불행에 방해받지 않기. 젊고 순수한 열정이라는 꺼져가는 빛을 살려내려고 노력하기. 어떤 시점에서는 이것이야말로 싸울 가치가 있는 유일한 싸움이 아닐까 한다.

그렇다고 해서 그 일을 성공적으로 할 때 필요한 어마어마한 집중력, 가끔은 무자비할 정도로 복잡한 과정과 고된 노력들이 경감되진 않는다. 그러나 이렇게 생각해보자. 그것 외에 삶이라는 고초에 어떤 의미를 심을 수 있을 것인가? 통증과 피로, 불안의 소용돌이, 우울함이라는 저주, 무너지는 심장, 사랑하는 이와의 청천벽력 같은 이별뿐만 아니라 나라는 사람을 참아내야 하는 의무 안에서, 나만의 진실과 의미와 재미를 추구하지 않는다면 이 모든 삶에 어떤 정당성이 부여되겠는가?

우리를 앞으로 나아가게 하는 동력은 부도, 지위도, 명예도, 행복도 아닌 자아의 발견과 나의 개인적인 관심과 의미 찾기가 되어야 한다. 그것이 내게 무슨 의미가 될지도 모르고 어디에서 올지도 모르지만 그렇게 해야 한다. 내가 가장 정직하게 느끼는 꾸밈없는 진실과 의미의 외적인 반영만이 이 세상의 전부라 할 수 있다. 적어도 나에게는 그렇다.

왜 우리는 자아를 외적으로 표현하고 전시해야 할까? 왜 의미가 필요할까? 이유는 명백하지 않다. 하지만 창조하고자 하는 열망은 우리 모두에게 근원이자 핵심으로 남아 있는 듯하다. 자기 인식과 이해라는 끝없는 피드백을 받으면서 우리는 어떻게든 내면을 외부에 펼쳐 보이려 한다. 우리에게 위로를 주면서 나를 가장 예리하게 인식할 수 있는 도구가 있다면 바로 이것이 아닐까. 광의적 의미에서의 예술 말이다. 그림이든 음악이든 문학이든 영화든 그 어떤 장르라도 상관없을 것이다.

물론 창조하고 표현하면서 진정한 자아로 살아가는 행위 안에서 우리가 모두 두려워하는 위험 요소가 있다. 그것은 바로 거절이다. 더 최악은 거절이 너무나 깊은 상처가 되거나 개인적인 공격처럼 여겨질 수 있다는 점이다. 그러나 거절의 공포 때문에 자아에서 멀어진다면, 근본적으로 나의 자아부터 거절하는 것이 아닐까? 불가피하게 같이 살아야만 하는 단 한 사람을 거절하게 되는 것이 아닐까. 그렇게 된다면 우리는 우리 자아를 완전히 탐험하지도 못하고 완전한 내가 될 수도 없다. 이 세상을 보지 못한 사람, 이 세상이 볼 수 없는 사람으로 죽게 된다.

창조적 과정을 통해 나의 구차함과 나약함을 어떻게 대면하는지를 세상에 공유하면서 역설적으로 우리가 얼마나 강하고 아름다운지를 알게 된다.

어떤 사람이 적지 않은 시간만큼 살아왔다면 이 세상을 보는 그의 관점은 충분히 유효하고 가치가 있다. 어떤 사람은 자신을 부끄러워할 수도 있다. 자기가 멍청하거나 틀렸다고 느낄 수도 있다. 자신이 사기꾼이라고 느낄 수도 있다. 그래도 자기를 표현하고 드러내야 한다. 자신이 옳다고 생각하는 방식으로 표출해봐야 한다.

모두는 어떤 수준에서는 어리석고, 어떤 면에서는 자신을 부끄러워하며, 어떤 면에서는 사기꾼이다. 역사상으로 가장 위대한 인물과 사상도 그러했다. 위대함과 평범함의 차이는 우리의 가정보다 훨씬 미미하다는 점을 알아야 한다. 따라서 특정한 사람에게 자기 자신을 포용하고 공유할 권리가 있다면 다른 모두에게도 그럴 권리가 있다.

이 세상은 진정한 자아가 하는 최선의 시도를 필요로 한다. 나 또한 나의 최선의 시도를 필요로 한다. 깊이 있고 정직하게 살기. 나를 키우고 나를 엮은 재료를 느끼고 표현하기. 이 세상에 살았던 어떤 사람보다 조금이라도 다른 무언가를 시도해보기. 누구와도 똑같지 않은 어떤 말을 해보기. 자기가 디자인한 조명을 들고 어둠을 헤쳐 가기. 자아의 감각과 본성을 개발해보기. 혼란과 공포를 마주하면서도 굴하지 않고, 이 세상에 있는 그대로의 자신을 보여주기. 나에게는 그것이 바로 나를 깨닫는다는 것의 의미다.

물론 깨달음이 답은 아니다. 선언도 아니다. 행복도 아니고 성공도 아니다. 끝나지 않은 과정이다. 그러나 적어도 이 혼돈에 어느 정도의 평온함을 더할 수가 있다.

23

　　인생에서 얼마 안 되는, 진정 순수하고 아름다운 위로 중에 하나는 음악이 아닐까 한다. 이렇게 주장하는 사람이 나 혼자뿐이 아님을 알고 있다. 하지만 나는 한발 더 나아가 인생에서 좋은 것이 음악뿐이라고 해도 그것만으로도 충분하다고 말하고 싶다.

　　우리 영혼을 어루만지는 것들은 많다. 다양한 형태의 예술이 그렇고 아름다운 이미지나 지적인 사고와 대화들과 사랑과 욕망의 순간들은 영혼을 깨운다. 그러나 그 어떤 것도 음악만큼 한결같고 믿음직스럽지는 않다. 아마도 음악은 우리를 기쁘게 하기 가장 쉽고 우리를 실망시킬 일이 가장 적은 장르일 것이다.

　　커트 보니것이 이렇게 쓴 적이 있다. "제발 그런 일이 없기를 바라지만, 만약 내가 죽는다면 내 묘비에 다음과 같은 문구를 새길 것이다. '그가 신의 존재를 증명하는 데 필요했던 유일한 증거는 음악이었다.'" 개인적으로 음악이 신의 존재를 증명해준다고 생각하지 않는다. 죽음이나 고난이 그 무엇도 증명하지 않는 것과 마찬가지다. 아마도 보니것 특유의 익살과 과장이 스며 있는 감상이기도 할 것이다. 하지만 음악은 내가 모르는 위대한 무언가의 증거일 거라고 생각한다. 어쩌면 보니것 또한 이 말을 하고 싶었던 게 아닌가 싶다.

음악은 우리에게 무엇인가가 있다는 사실의 증거다. 인간에게 어떤 신성한 능력이 있음을 말한다. 아무것도 없었던 공간에 숨어 있던 어떤 주파수와 진동이 발견되고 창조되어 인간에 의해 전달된다. 음악은 형언할 수 없는 순수한 감정, 사랑, 이해, 위안, 생명력을 우리에게 선사한다.

인간은 이렇게 서로를 잇는 매개체의 창조자이며 전달자이자 수신자다. 또한 음악은 다음과 같은 사실의 증거이기도 하다. '신도 제자들도 모두 한 명의 인간이었다는 것.'

24

사실, 아주 멀리서 본다면 우리 중 누구도 크게 중요하지 않다. 그러나 똑같은 관점에서 아주 밀접한 거리에서 보면 우리는 모든 면에서 참으로 중요한 존재다. 모든 사물과 모든 사람은 언젠가는 실체 없는 가상의 물질로 수렴된다. 모든 사람들은 시간이 흐르면 결국 잊히는 것이다. 그중 일부는 세상을 떠나고 이삼십 년이 흐른 뒤에 잊힌다. 어떤 이들은 천 년 정도는 기억된다. 어떤 이들은 그들에 관한 어떤 기억이 형성될 기회를 얻기도 전에 잊힌다.

큰 그림으로 본다면 어떤 사람이 지금 얼마나 중요하고, 중요했는지, 앞으로 그렇게 될 것인지는 별로 중요하지 않다. 일정한 시간이 지나면 과연 무엇이 중요한지조차 판단하거나 기약할 수 없을 것이다. 우리의 모든 성공과 아름다운 순간들은 우리 각자의 실패와 처참한 순간들과 함께 결국에는 잊힐 것이다. 이 세상의 끝처럼 느껴지는 모든 것들이 궁극적으로는 이 세상의 진짜 끝을 만나게 될 것이다. 물론 슬프다. 하지만 그렇기 때문에 지금 현재, 내 앞의 탁자 위에 내가 가진 모든 것을 올려놓을 자유도 있다. 우리의 삶은 어떤 미래에 대한 상상을 위한 것이 아니라, 우리가 실제로 가지고 있으며 진짜로 빛나고 있는 바로 지금을 위한 것이다. 우리가 유일하게 믿을 수 있는 것이 있다면 이뿐이지 않을까. 나의 자아와 모든 시공간을 딱 한 번만 지나가는 이 시점의 나. 이것이 내가 믿는 전부다.

25

어느 정도의 시간이 흐른 뒤 되돌아보면 대부분의 성취는 우리가 그 일을 하기 위해 들였던 스트레스만큼만 가치가 있다. 더 큰 목적을 향해 나아갈 때 겪을 수밖에 없는 고난과 시련 속에서 불행하다고 느낀다면 당신은 아마도 그 일의 가치를 쌓아가는 중일 수도 있다. 이 말은 흔하디흔한 경구인 "소중한 것은 쉽게 얻을 수 없다"를 조금 더 길고 복잡하게 설명한 것에 지나지 않는다. 하지만 이 말은 너무 중요하기에 약간 더 복잡하게 말하는 것도 필요하지 않을까 싶다. 그저 단순하게 소중한 것은 쉽게 얻을 수 없다고 말하기보다는 뒤집어서 그 일이 쉽지 않기 때문에 소중해진다고 말해보면 어떨까.

우리가 말하는 좋은 것이 객관적으로 봤을 때 실제로 진정 좋은지부터 자문해보자. 만약 어떤 성취에 대해 적어도 어느 정도까지는 그것을 이루는 데 얼마나 많은 노력이 들었는가에 따라 가치가 매겨진다면, 가치는 결과에 있지 않고 노력에 있다고 주장할 수도 있지 않을까. 다시 말해서 무언가 소중한 일을 쟁취하는 과정에서의 온갖 고통과 두려움, 도전과 실패, 때로는 불행하다 할 정도로 바닥으로 꺼지는 듯한 감정이 진정 소중하다고 말할 수 있지 않을까 싶다.

성취 자체는 형상일 뿐이다. 어쩌면 이 시대의 흔하디흔한 또 하나의 경구를 괜히 복잡하게 말하고 있는지도 모르겠다. "중요한 건 목적지가 아니라 여정이다." 이번에도 앞에서처럼 복잡하게 말하고 설명할 필요가 있어 보인다. 이 말은 목적지가 전혀 중요하지 않다거나 여정보다 덜 중요하다는 것이 아니라 여정이 없으면 목적지는 존재조차 하지 않는다는 의미다. 이를 통해 내가 하고 싶은 말은 이것이다. 무거운 책임과 고단함과 험난함을 피하고자 하는 마음이 인간의 자연스러운 욕망이겠지만 그렇다고 해서 피해버리면 전부를 지워버리는 것과 같다.

좋은 인생이란 스트레스와 불행이 전혀 존재하지 않아서 좋은 인생이 아니라, 그 사람이 무언가를 믿고 관심을 갖고 의미를 찾는 과정에서 겪은 위험과 스트레스와 불행이 존재했기 때문에 좋은 인생이 되었다 할 수 있다. 인간으로 태어난 이상 도망갈 수 없고 피할 수 없는 인생의 고통과 고난을 가치 있는 싸움으로 변화시켰기 때문에 좋은 인생을 만들었다 할 수 있다.

26

     자기 일에 대해 뽐내거나 지나친 자신감을 보여주는 사람들은 열등감에 잠식되어 있거나 아니면 자존감이 유난히 높은 사람일 수도 있다. (모두가 그런 것은 아니지만) 그들의 말과 그들의 주장은 대부분 사실이 아니거나 실제와 다르다. 현실이라는 냉정한 시험대를 통과할 만큼 완벽하게 논리적이거나 일관된 주장은 찾아보기 힘들다.

     성공하기 전부터 자신이 미래에 반드시 성공할 사람이라 주장하는 사람들이 있다. 그런 사람은 아마도 성공을 얻지 못할 가능성이 농후하거나 성공 근처에 갔다 해도 그 성공을 지켜낼 가능성이 낮은 사람일 것이다. 어느 정도 성공한 후 자신의 성공을 계속해서 떠벌리거나 성공에 지나치게 기대고 있는 사람들도 있다. 그들의 시끄러운 목소리는 그들이 아직 그 성공 안에서 의미와 보람을 찾지 못했다는 반증일 것이다. 다른 사람들의 관심과 찬사를 받아야만 스스로 이루었다고 믿는 시시한 성공을 보상받는다.

     어느 정도의 자기도취나 자기중심주의는 성

공의 부작용이다. 나 역시도 내가 가진 가식과 자만을 크고 작은 형태로 전시해왔다. 그러한 태도를 스스로 인식하고 다스리는 일은 언제나 쉽지 않다. 또한 **자부심**이 깃든 자신감을 반드시 부정적으로 볼 필요도 없다. 하지만 당신의 성공과 인격과 명예가 오직 지나친 자부심에 근거를 두고 있다면, 아마 당신은 이미 종이의 집에 들어가 살고 있다 할 수 있을 것이고, 그 지붕 위에는 언제든 웃음거리가 될 가능성이나 무거운 부담만 쌓여가고 있을 것이다.

자신감 있게 행동하는 것과 자신감 있는 것 사이에는 미세한 차이가 있다. 이 둘의 관계는 언제나 일치하지도 않고 그 차이가 언제나 선명하게 보이지도 않는다. 나는 자신감 있는 언행이 중요하다는 말에 동의하지만 어떤 사람의 자신감 있는 행동과 자신감 있는 모습이 그 사람이 진정으로 가지고 있는 자신감의 크기와 반드시 비례하지는 않는다고 생각한다. 종종 반비례하기도 한다. 그리고 그 차이를 읽지 못하는 사람들이 세상에는 참 많다.

결국 내가 하고 싶은 말은, 이 사실을 평소에도 인지하고 있다가 지나치게 확신 있는 태도의 달변가를 대할 때 무작정 신뢰하고 따르고 동의하기보다는 최대한 신중하라는 것이다. 나 자신에게도 그 잣대를 똑같이 적용하는 것도 중요하다. 만약 사람의 능력과 인품을 증명할 수 있는 것이 있다면, 그 증거는 행동과 결과일 것이다. 모두가 이 사실을 모르지 않는다. 그러나 우리는 다른 이의 믿음과 확신이라는 주문에, 혹은 내 안에 없는 확고한 진리를 따라 살고자 하는 욕망이라는 주술에 걸려 쉽게 넘어지곤 한다.

27

    약물치료와 불규칙한 스케줄과 막연한 불안감과 불투명한 미래로 인해 줄어든 책임 때문인지 최근 아침에 일어나는 일이 유독 더 힘들다. 어쩌면 잠드는 것이 힘들어서인지도 모르겠다. 어쩌면 둘 다일지도. 둘 중 원인이 무엇이든 요즘 나는 매우 늦게 일어난다. 보통 정오가 다 되어 침대에서 눈을 뜬다. 그다음에도 한참이나 침대에서 미적거리다 보면 어느새 오후 한시가 된다. 분명 누가 봐도 늦은 시간이지만 새벽 네시나 다섯시에 겨우 잠이 들기 때문에 어찌할 도리가 없다. 그래봤자 총 수면 시간은 일곱 시간이나 여덟 시간 정도밖에 되지 않는다. 따라서 내가 잃은 것은 시간이 아니라 일조량이라고 할 수 있다.

    물론 그래도 너무 늦게 일어나는 건 아닌가 싶어 자책하게 된다.

    나는 원래 야행성이라 아침잠이 많은 편이다. 어찌 보면 내 직업 특성상 시간에 구애받지 않는 자유로운 생활 방식이라는 사치를 누릴 수 있었다. 내가 원하는 대로 하루의 스케줄을 짰다. 작가나 예술가들 중 적지 않은 이들이 작업 시간으로 심야 시간대를 선호하는 것으로 알고 있다. 이른 새벽이든 늦은 밤이든 예술가의 목표는 언제나 세상이 잠이 든 듯 고요해지고 모든 방해 요소들이 최소한으로 줄어드는 얼마간의 시간을 확보하는 것이라 할 수 있지 않을까 싶다. 때로는 깨어 있지 않아야 할 것 같은 오묘한 시간에 깨어 있을 때 이상하게도 작업을 진전시키거나 끝내고 싶은 욕구가 생성되며 유명한 격언에 등장하는 '일찍 일어나는 새'가 되어 벌레를 잡은 것 같은 뿌듯한 기분을 느끼기도 하는 것이다. 이 격언은 다들 잘 아는 "일찍 일어나는 새가 벌레를 잡는다"이다. 그런데 이 격언 속의 새는 밤을 새우고 새벽까지 깨어 있었을 수도 있다. 관건은 대부분 자고 있는 시간에 누가 깨어 있느냐이다.

나에게 그 시간은 언제나 자정이 넘은 늦은 밤이었다. 그 시간대에 내가 찾아야 할 일정량의 벌레를 발견해내곤 했다.

왜 대다수의 사람들이 새벽 기상의 장점을 그토록 강조하는 것일까? 그리고 그들은 왜 일찍 일어나는 습관을 지나치게 자랑하는 것처럼 보일까? 밤을 새우고 새벽 다섯시까지 깨어 있던 사람은 그 점을 자랑삼아 이야기하지 않지만 새벽 다섯시에 일어나는 사람은 이것을 성격적인 장점처럼 내세우는데 결국 따져보면 똑같지 않나 싶다.

누군가 일찍 일어나는 건 더 보람 있고 **성공적인 하루를 보장한다고 주장한다면** 그 말은 곧 일찍 일어났기에 하루에 더 많은 시간을 확보한다는 뜻이 될 것이다. 그러나 반드시 그렇지는 않다. 내가 새벽 네시에 잠이 들어 오전 열한시에 일어나고 누군가 열시에 잠이 들어 새벽 다섯시에 일어난다면 우리는 둘 다 같은 시간 동안 잠이 들었고 같은 시간 동안 깨어 있었던 것이다.

설령 깨어 있는 시간이 정확히 같지는 않았다고 해도 그 주장이 타당하려면 깨어 있는 시간이 길수록 저절로 더 생산적인 하루를 보낼 수 있어야 한다. 그 또한 전혀 사실과 다르다. 그 시간을 어떻게 잘 사용했는지가 중요할 따름이다. 집중적이고 효율적으로 보낸 세 시간은 어영부영 보낸 아홉 시간보다 생산성이 높을 수도 있다.

마지막으로 더 생산적인 하루가 언제나 더 나은 하루, 더 가치 있는 하루와 동격이라고 볼 수도 없다. 인생은 그저 결과를 보여주는 게임이 아니다. 사실 인생이 정확히 무엇에 관한 게임인지는 그 누구도 모른다. 한 가지 요소에 달려 있지 않은 것만은 확실하다 할 수 있겠다.

따라서 새벽형 인간에 관한 주장들이 근본적으로 헛소리임에도 불구하고, 나는 그 사실을 충분히 인지하고 있음에도 여전히 지금보다는 더 일찍 일어나야 할 것 같은 심리적 부담을 느끼고 있다. 아마도 이것은 동일한 삶이라는 강을 타고 같이 떠내려가야 할 것 같은 필요에 의해 우리가 얼마나 쉽게 흔들리는지를 보여주는 예가 아닐까 싶다. 우리는 똑같은 일상, 똑같은 주기, 똑같은 순서를 강요받는다. 어느 정도는 그럴 필요도 있고 옳은 부분도 있다. 하지만 피곤하기도 하다. 이러한 일방적인 강요는 어떤 사람이 하루와 인생을 더 훌륭하게 꾸릴 기회를 박탈하기도 한다.

오전 열한시가 넘어 겨우 눈을 뜨는 사람들 중 일부가 자기 관리가 되지 않고, 신뢰하기 힘들고, 그래서 무직자인 사람들도 있을 수 있다. 하지만 늦게 일어나는 사람들 중 그에 못지않은 숫자가 예술가, 코미디언, 작가, 야간 관리자, 경비원 그리고 죽어가는 환자일 수 있다. 내가 무조건 일찍 일어나야 한다고 강요하는 사람들에게 경멸을 표하고 있지만 그렇다고 나태를 옹호하는 건 아니다. 다만 나는 자기다운 삶을 옹호하고 있다. 그 삶은 취침 시간과 기상 시간과는 관계가 없다. 대신 원칙과 관계가 있다. 자신의 인생을 규격화된 표준에 맞춰야 한다는 지속적인 압박이 과연 누구에게나 적용될 수 있는가 하는 말을 하고 싶을 뿐이다. 물론 시간 사용과 관련한 사회적 관습이 생겨난 마땅한 이유가 있다. 모든 사람이 정해진 스케줄에 따라야 할 필요가 있는 분야가 있다. 하지만 모든 사람이 그럴 필요는 없다. 그렇지 않은 사람에게 그 기준은 전혀 중요하지 않아야 한다.

내가 말하고자 하는 건 그저 당신만의 기준을 세우고 그에 따라 잠에 들고 일어나라는 이야기다. 그에 따라 살고 죽으라는 말이다. 당신이 틀렸다고 해도 당신을 위해 사는 삶이 될 테고 아마도 다른 사람에 비해 특별히 더 나쁜 삶을 살게 될 확률은 적을 것이다. 당신이 옳다면 당신을 위해 사는 삶이 될 것이고 아마도 다른 사람보다 훨씬 나은 삶을 만들어가게 될지도 모른다.

마치 자기들이 정답을 알기라도 하는 것처럼 자기 삶의 방식을 다른 이들에게 강요하다니 얼마나 어이없는 일인가? 물론 누군가를 위해 진심으로 조언하고 그 조언을 고려하는 것은 멋지고 본받을 만한 일이다. 하지만 어떤 사람도 타인에게 자기와 같은 삶을 살라고 강요할 수 없고 강요해서도 안 된다. 어쩌면 그런 사람들은 자기 삶이 불만족스럽거나, 스스로 불행에 걸려 넘어졌거나 갇혀 있다고 느껴서는 아닐까. 혹은 어느 누구도 자기와 다르게 살거나 다른 시도를 하거나 더 나은 삶을 살면 안 된다 느끼기 때문일 지도 모른다.

어떤 이유에서인지 몰라도 불행한 사람들은 다른 사람마저 똑같이 불행하게 만들거나 다른 이들도 불행하길 원하는 것처럼 보인다. 마치 타인의 불행이 나의 불행을 감소시켜주기라고 할 것처럼.

포식자 아니면 피해자 같은 이들에게서 되도록 멀리 떨어지는 것이 아마도 우리가 해야 할 노력인 듯하다. 그런데 내가 뭐라고 감히 이런 말을 떠들고 있을까?

5장

끝없는 질문과 대답

○ 종교, 과학, 인간의 역경에 관하여

28

최근에 검사한 MRI 결과지에는 나쁜 소식들만 적혀 있었다. 종양이 재발하기 시작했고 이전보다 더 빠른 속도로 성장하는 것으로 보였다. 변이를 일으킨 건지 진화를 한 건지 모르겠지만 현재 내가 받은 진단명은 교모세포종 사기다. 뇌종양 중에서도 재발이 빠르고 예후가 좋지 않은 악성이다. 이 종양은 다수의 치료법에 반응을 하지 않는 것으로 유명하다. 따라서 제발 최악의 케이스로 발전하지 않기만을 바랐던 단 한 점의 희망은 이제 완전히 꺼져버렸다고 할 수 있다. 오 년 이상 생존할 확률은 이미 사라져버렸다. 일 년 이상 살게 될 확률도 미지의 영역으로 남았다.

일주일 후에는 새로운 병원의 새로운 의사를 방문해볼 생각이다. 그 병원에서 시도하고 있다는 획기적인 방사선치료법을 사용해 더 전이되지 않기만을 바랄 뿐이다. 이 특정 치료법은 나와 같은 환자에게 놀라울 정도로 효과가 있을 수도 있고, 바라건대, 나를 약간이나마 오래 살게 해줄 가능성도 있다고 한다. 일단 어떻게 될지 지켜보자.

29

대부분의 사람들은 어느 순간에 갑자기 뒤통수를 맞은 듯 현실을 자각하곤 한다. 내가 활용할 수 있는 해결책이, 즉 나에게 주어진 해답이 궁극적으로 모두 의미 없고 쓸데없는 허튼소리였다는 자각이다. 불완전할 뿐만 아니라 해답이라고 할 수도 없다. 내가 지금 아는 것을 가르쳐주었던 그 수많은 위인이나 어른들도 근본적으로는 아무것도 알지 못한다. 무엇에 대해 진정 알고자 한다면 가장 먼저 그무엇이 무엇인지부터 알아야 한다. 그러나 문제는 그걸 아무도 모른다는 것이다.

우리는 모두 완벽하게 무지한 상태에서 발길 닿는 대로 그때 그 순간마다 머릿속으로 비명을 지르거나 웃음을 터뜨리면서 살아갈 뿐이다. 마치 돋보기를 들고 존재의 외양만을 이리저리 살펴보고 있는 것과 같다. 몇 걸음 떨어져 전체를 보지도 못하고 열어서 안을 들여다보지도 못한다. 그저 표면만 보고 있으면서도 마치 핵심을 정확히 간파한 듯 말하고 행동한다.

인간의 지성이란 도구도 우리가 얼마나 많이 아는지가 아니라 우리가 얼마나 조금밖에 모르는지를 대처할 때 쓰일 뿐이다. 사람들은 자신들이 일편단심 지켜온 신념과 옳다고 믿었던 감정이 틀렸을 가능성이 높다는 것을, 자신들이 전혀 동의하지 않았던 허튼소리와 별반 차이가 없다는 사실을 과연 받아들일 수 있을까.

30

　　모든 사람에게는 조언이 필요하다. 그러나 누구도 줄 수 없는 조언이라면 어떻게 해야 할까. 내가 나 스스로에게 해줄 수 있는 위안이나 조언도 아니다. 이것은 어떤 사람도 결코 손에 넣을 수 없는 종류의 조언일 것이다. 이 세상이 모든 사람으로부터 감추고 있는 조언 — 즉, 어떻게 살고 죽어야 하는가.

31

　　내가 뇌종양 진단을 받은 이후부터, 특히 시한부의 삶이 거의 확실해지자 사람들이 내게 다가와 각자의 처방을 제시하기 시작했다. 내가 이 현실을 어떻게 대처하고 어떻게 마음을 다잡아야 하는지 진지하게 조언해주고 있다. 대체로 이런 말들을 한다. "속상하고 화나는 게 당연하지." "좋아질 거야." 어떤 감정이 당연한 건지 모르는 상황 혹은 나의 건강이 기적처럼 좋아질 리 없다는 사실을 알고 있을 때 이런 섣부른 위로는 의도와는 정확히 반대의 결과를 낳는다. 그러나 사람들은 나름대로의 이유를 만들어 정당화하고 어떻게든 개입하려고 했다. 잔인하고 부당하고 까닭 없는 나의 상황을 자기 식대로 해석하고 설명하려고 노력했다.

　　그들의 말을 듣기는 다 들었다. 내게 이곳 혹은 저곳으로 돌아가게 될 것이라 했다. 천국에 나를 위해 마련된 자리가 있다고도 했다. 이건 내 운명이고, 이 우주는 나를 위해 더 큰 그림을 마련해놓았다는 말도 들었다. 모든 일에는 이유가 있으며 하느님이 나를 부르고 있다고도 했다.

그분에게 계획이 있다고 했다. 그 외에 무수한 말들이 쏟아졌다. 이 비보와 화해하고 평화를 찾기 위한 그들의 애처로운 시도를 나에게도 공유하도록 내버려두긴 했으나 대부분 동의하지 않는다. 그저 그들이 자기 스스로에게 하고 싶은 말이라 생각하고 입을 다물 뿐이다.

일반적으로 사람들은 아무 근거가 없는데도 억지로라도 이유를 찾아내어 정서적인 안정을 구하려 한다. 솔직히 말하면 그중 가장 최악은, 분명 신의 부재가 가장 극단적으로 느껴지는 이 시기에 나에게 신을 설교하려는 사람들이다. 그들 각자가 이해하는 신과 종교의 언어를 나에게 어떻게든 전하려 애를 쓴다. 나에게 희망을 설파할 수는 있다. 그러나 그 희망을 인간화된 신에게서 찾을 수 있다고 주장하는 건 옳지 않다. 만약 그렇다면 그들이 말하는 바로 그 신이 아마도 나의 이른 죽음에 책임을 져야 할 것이다. 이것이 어떻게 앞뒤가 맞는 말이며 어떻게 내 기분을 조금이라도 낫게 만들 수 있단 말인가?

그러한 신이 존재한다 해도, 그 신을 사랑하거나 믿거나 아는 일은 나에게는 전혀 위안이 되지 못한다.

내가 사랑할 수 있고 나를 가장 잘 알고 믿을 수 있는 존재는 나뿐이고, 그렇기에 나를 신이라고 말할 수도 있을 것이다. 어쩌면 나는 내가 아는 사람들에게서 신의 모습을 보았을 수도 있다. 물론 나는 나나 다른 인간이 신이라고 믿지 않으며 그런 의미에서 어떤 신도 믿지 않는다. 단 한 가지 명백한 사실은 우리 인간이 신을 창조했으며 그 반대 방향이 아니라는 점이다. 신이라는 개념 자체를 창조한 것보다 더 신적인 행위가 무엇이 있을까?

만약 신이 우리 머릿속에 신의 개념을 심어놓았다고 말한다면, 왜 오직 인간의 머리만이 신을 알고 다른 생명이 있는 존재는 신을 알지 못한단 말인가? 게다가 왜 신은 우리 머릿속에 신이 부재할 수도 있다는 개념을 심어놓았단 말인가. 또한 인간의 머릿속에 심어놓은 신들도 제각각 다르지 않은가. 혹시 우리가 알아서 선택하여 그를 따르게 하려고 한 것일까? 만약 그 선택이 신의 증거라면 개가 신을 선택하지 않는 것은 신이 부재한다는 증거일 것이다.

만약 인간이 존재하지 않았다면 신이 존재할까? 이 세상에 신을 의식하지 않는 식물과 동물만 산다면 어떻게 되었을까? 그 누구도 신을 신이라고 부르지 않을 것이다. 어느 누구도 신이 수염이 난 백인 남자라거나 팔이 네 개인 인도 남자라거나 그 외 우리 머릿속에 떠오르는 수백 가지 신을 명명하지 않았을 것이다. 신이 애초에 존재하긴 할까?

우리는 알 수도 없고, 아는 것 자체가 불가능하다. 하지만 바로 그것이 중요한 지점이다.

신이 머무는 장소가 있다면 그곳은 교회가 아니라 그 신을 생각해낸 모든 사람들의 두뇌 안일 것이다.

실제로 신이, 인간이 생각해낼 수 있는 개념 자체를 초월한 존재인지 누가 알 수 있겠는가? 인간이 자기 자신을 초월한 무언가를 생각해내고 개념을 만들 수 있다는 사실 외에 무엇을 증명할 수 있을 것인가? 인간은 어이없을 정도로 작디작은 두뇌 안에 절대 들어갈 수 없는 크기와 모양의 우주를 우격다짐으로 집어넣으려고 한다.

내 삶의 끝으로 다가가면서 질문해본다. 왜 우리는 영생이라든가 영원불멸한 무언가를 찬양하거나 믿어야 할까? 모든 것들이 필연적으로 변하고, 명멸하고, 오인되는 세상에서 확실한 무언가를 찾아 매달리고 싶은 욕망 때문일까. 무언가를 믿고 찬양해야 할 근거는 인간의 이런 욕구와 필요의 이유 외에는 없다. 내가 믿는 유일한 신앙이라면 이 세상에는 확실하게 믿을 수 있을 만큼 가치 있는 그 무엇(어떤 대상이나 사상)이 없다는 점일 것이다. 여기 쓰인 나의 문장들 또한 마찬가지다.

어떤 신앙도, 어떤 사상이나 개념도, 생활 방

식도, 그 무엇도 이해 불가능한 인간의 현실이라는 무한한 흐름에 대항할 수는 없다. 인류의 모든 신념과 사상은 흘러가는 강 위에 불쑥 튀어나온, 세월이 흐르면 침식될 운명인 바위일 뿐이다. 이런 새로운 바위는 언제나 나타났다 사라진다. 인간의 의미와 신념 또한 계속해서 잃어버렸다가 재발견되고 시간이 흐르면서 재창조된다.

나는 내가 처음 산타클로스가 가짜라는 사실을 알아버렸을 때를 기억한다. 어떻게 우리 부모님이 그리긴 시간 동안 내 머릿속에 그런 거짓말을 심어놓을 수 있었는지 궁금하다. 더 나아가 왜 이 세상 전부가 그 일에 동참하고 있었을까? 그것도 굉장히 열심히 설득해가면서 말이다. 어찌 된 일인지 모르지만 수많은 사람들이 나를 포함한 이 세상의 모든 어린이들에게 이렇게 사기를 치기로 동의한 이유는 이 거짓말이 사회적 선을 위해 필요하다는 도덕적 판단에서였을 것이다. 하지만 이것이 정말 더 나은 선택인지 아닌지 누가 알 수 있을까? 덮어놓고 산타를 믿으라는 말은 곧 내가 멍청하고 멍청하게 사는 편이 더 낫다는 말이 아니었을까? 정말 그것이 더 나았을까? 나야 알 수 없다.

물론 산타가 가짜라는 사실을 알았다면 나는 산타를 믿지 않았을 것이다. 사람은 자기에게 주어진 정보만큼만 똑똑하거나 어리석다. 산타가 진짜라는 근거가 없다는 사실을 깨달은 이후, 더 나아가 산타가 가짜라는 근거가 더 많다는 것을 알게 된 나는 더 이상 산타를 믿지 않았다. 그 시기가 지나자 산타를 믿는 것이 재미있는지 아닌지는 전혀 중요하지 않았다.

　　　우리는 충분히 합당한 이유가 있어야 무언가를 믿게 된다. 우리는 우리가 모르는 것을 알 수 없고 우리가 알게 된 것을 모르게 할 수도 없다. 나는 지금 그 어떤 것에 대해서도 아무것도 모른다는 사실만을 잘 알고 있다. 다른 모든 사람들과 마찬가지다.

　　　신이나 그와 비슷한 존재를 말하면서, 믿음에는 증거가 필요치 않다고 주장하는 사람도 있다. 그들은 맹목적인 믿음, 신실하고 순수한 신앙만 있으면 된다고 이야기한다. 하지만 나는 바로 그것이 이유라고 생각한다. 그들이 말하는 신앙이 곧 이유이고, 사람들에게 알려지지 않은 이유를 위한 이유다. 만약 필요해서 만든 이유에 지나지 않고 그 외에는 마땅한 이유가 없다면, 신앙이란 부조리와 무의미로 붕괴되는 타락과 후퇴의 순환일 뿐이다.

　　　내가 알지도 못하고 알 수도 없는 무엇을, 그저 더 좋은 기분을 느끼기 위해 믿는다는 것은 희망이나 신실한 신앙의 표시가 아니라 절망의 증거일 뿐이다.

아직도 많은 성인들이 어린 시절의 유치한 거짓말인 산타를 믿는 것은 삶에 가짜 희망과 가짜 마법을 주입하기 위해서가 아닐까? 살아 있는 것만으로는 충분한 희망이 되지 않고 인생이 동화처럼 신비롭거나 아름답지 않기 때문일까? 하지만 나는 이렇게 생각한다. 어쩌면 이 세상에 확실한 것이 없다는 점, 이 세상이 왜 생겨났고 무엇으로 이루어졌는지 모른다는 점이 오히려 부자연스러운 가짜 확신보다 더 매혹적이고 경이롭지 않은가?

뜨거운 수증기로 이루어진 빛나는 구체, 별이 가득한 밤하늘이 있다. 물과 녹색의 산소 발생 물체로 채워진 지구가 있다. 모든 인간의 두 눈 뒤에는 의식적인 독립체가 있다. 물질과 현상으로 채워진 우주는 이 순간에도 끝없는 경이와 마법을 창조하고 있는 것으로 보인다. 이 모든 것은 무에서 출발했다. 이 모든 것이 무엇이고 또 무엇이 될지에 관해서 우리는 끝없는 질문과 대답을 할 수 있다. 그런데 우리는 경이를 찾기 위해서 부자연스럽고 확정적인 현실의 개념으로부터 눈을 돌리려 한다.

완전무결한 확실성과 궁극적인 의미를 지닌 존재가 과연 있긴 할까. 이런 관점에서 진정 합리적인 사람이라면 신을 믿지 않을 것이다. 어떻게 믿을 수 있겠는가? 무슨 증거가 있는가? 자아를 안정시키고자 하는 욕구, 진실에 대한 두려움 혹은 진실의 부재에 대한 두려움을 달래기 위한 필요 외에는 어떤 증거도 없다.

이 무지의 영역 안에서 세상의 모든 신들이 만들어졌다. 그리고 똑같은 무지의 영역에서 더 많은 신들이 만들어지고 죽임도 당할 것이다. 하지만 이 무지의 영역에 진정한 인생의 빛이 숨겨져 있는 것이 아닐까 싶다. 우리가 발견해야 할 경이와 신비는 어떤 특정한 신이나 사상에서 나오는 것이 아니다. 굳이 신성함을 찾고 싶다면 우리가 존재하고 있는 이 무지의 상태 가운데서, 나 자신의 경험 안에서 찾아보는 것이 어떨까.

결국 우리에게 가장 중요한 것은 **지금 이 순간**이다. 우리가 숭배해야 대상은 단지 **지금 현재**가 아니라 우리가 가진 **모든 현재**이다. 모든 흐름은 각각 다른 시간과 공간이라는 창을 통해서만 인식될 것이다. 내가 오늘 한 일을 숭배하고 믿어야 한다. 내일 내가 한 일을 믿고 숭배하지 않는 한에서 그래야 한다. 오늘과 내일은 얼마든지 모순될 수 있기 때문이다. 랄프 왈도 에머슨은 말했다. "어느 누구도 자신의 경험보다 선행할 수 없고 새로운 대상이 어떤 능력이나 감정을 드러낼지 짐작하지 못한다. 오늘 어떤 사람의 얼굴을 그릴 수 있지만 내일이면 그 사람은 처음 보는 얼굴이 된다."

　　　　　더 많은 내일이 있는 한, 앞으로 보고 그릴 수 있는 더 많은 얼굴들이 있을 것이다. 그리고 그 어떤 얼굴도 궁극적으로나 독점적으로 숭배되지 않을 것이다. 그보다는 새로운 얼굴을 보는 모든 과정을 찬미하고 숭배해야 할 것이다.

32

지난 몇 번은 MRI 촬영을 한 뒤에 스캔 사진을 복사해달라고 부탁해서 집으로 가지고 왔다. 이제 꽤 알찬 컬렉션이 생겼다. 혼자 있을 때 이 스캔 사진들을 가만히 바라보곤 한다. 의사 앞에 있을 때는 내 두뇌 사진을 온전히 이해하거나 받아들이는 것이 쉽지 않다.

가끔은 집에서 위스키 한두 잔을 마시고 이 사진을 들여다보면서 묘한 기분에 빠져들기도 한다.

전체적인 이미지는 엉망진창으로 그려놓은 그림처럼 보인다. 종양과 상관없이 그렇다. 내가 이 안에, 이렇게 마구잡이로 그린 듯한 이상한 그림 어딘가에 있다는 사실 자체가 어불성설 같기도 하다. 물론 이제야 내가 내 두뇌 안에 살고 있다는 사실을 깨달은 건 아니지만, 두뇌 안에 있으면서 두뇌의 사진을 보고 있다 보면 이 이상함이 하나의 관점으로 변하기도 한다.

사진 안에 있는 무언가가 모든 것을 알아내고 해석하기 위해 노력하고 있다. 두뇌는 두뇌라는 자신을, 이 세상을, 우주를 이해해보려고 안간힘을 쓴다. 스캔 사진 앞에서 기묘한 기분을 느끼고 이 기묘함이 무엇인지 질문하면서, 나는 두뇌가 실시간으로 자기 안에서 자기 자신에 대해 숙고하고 있음을 깨닫는다. 그 자신에게서 나온 방법을 통해 자신을 고찰한다.

MRI 기계의 개념과 형태와 구조 또한 이 두뇌에서 나왔다. 두뇌는 자기를 들여다보는 기계를 만들어내서 자기 자신을 이해하고 향상시키고 문제를 해결해보려고 한다. 나는 이 사실이 믿을 수 없을 정도로 감동적이고 불가해할 정도로 혼란스럽다고 생각한다. 다시 말해 두뇌는 믿을 수 없을 만큼 감동적이고, 불가해할 정도로 혼란스러운 자신의 능력을 찾아낼 줄 안다.

33

인간의 두뇌는 논리적이고 단선적인 인식의 도구처럼 보인다. 두뇌가 우주의 가장 위에 올라가 우주를 특정하면, 우주를 지속적이고 일관된 상태로 측정하고 인식할 수도 있다. 어느 정도까지는 두뇌와 우주는 서로 통하고 닮은 면이 있는 것처럼 보이기도 한다. 그와 동시에 그렇지 않아 보이기도 한다.

측정 도구가 그 무엇 위에 놓여졌다고 해서 그 도구가 대상을 정확하게 측정할 수 있는 것은 아니다. 한 잔의 물컵 옆에 자를 갖다 댄다면 아마도 그 자는 물의 높이가 얼마인지 정확히 잴 수 있을 것이다. 하지만 그것은 어쩌면 물과 상관없는 물의 형태 중에 하나일 뿐이다. 내가 알아야 하는 건 물의 양이나 온도지만 자로는 그것을 알아낼 수 없다. 더 나아가 내 목적이 물을 전반적으로 이해하는 것, 그 원소 구조까지 알아내는 것이라면 분명 더 다양한 도구를 통해 정보를 입수해야 할 것이다.

당신에게 이해하고 싶은 어떤 것을 온전히 이

해하기 위해 필요한 도구가 몇 개밖에 허락이 되지 않는다면 어떤 일이 일어날까?

사실 우리는 그 어떤 것도 자기 자신으로 스스로를 측정할 수 없다. 그 무엇도 할 수 없고 어떤 의미도 도출할 수 없다. 우리는 시간으로 행위를 측정한다. 돈으로 시간을 측정한다. 돈으로 물질을 계산한다. 그러나 그 무언가가 의미가 있으려면 또 다른 무언가로 잴 수 있어야 한다.

예를 들어, 우리는 시간당 십 마일이라는 것을 계산할 수 있지만 한 시간당 열 시간을, 열 시간당 열 시간을 측정할 수는 없다. 그나마 가능한 것은 우리에게는 하루에 이십사 시간이 있고 한 시간이 육십 분이라는 것이지만 그렇다고 해서 시간이 시간을 재는 건 아니다. 이것은 일부러 분할시킨 것으로, 더 작은 것으로 더 큰 것을 비교하는 것은 측정이라 할 수 없다. 시간을 시간으로 측정하려면 우리는 일 초당 일 초가 무엇을 의미하는지 잴 수 있어야 한다. 물론 이럴 때 의미는 무너질 뿐이다. 아무 정보도 제공하지 않는다.

따라서 자신도 우주의 일부이면서 우주를 측정하려고 하는 인류는 이와 같은 현상을 겪고 있다고 할 수 있다. 이해는 무너지고 아무것도 남지 않는다. 말하자면 우리는 일 인치로 일 인치를 재려 하고 있다. 일 초로 일 초를 재려는 시도를 하고 있다. 우주로 우주를 재려고 하고 있다. 그것은 그것 자체일 뿐 그 어떤 결과도 나오지 않는다. 바로 이렇기 때문에 이 우주는 인간의 눈앞에서는 혼돈일 뿐이다. 결과가 없는 까닭은 인간의 눈이 곧 우주라는 혼돈으로 만들어져 있어서다.

　　　　우리는 우주에게 대상도 아니고 주체도 아니다. 그냥 우리가 우주다. 이것이 자아의 경험 자체에 어떤 의미가 있을까? 별다른 의미는 없다. 그래서 우리는 계속해서 몸부림치고 우물쭈물하며 시간을 보낼 뿐이다.

34

     오늘은 영화를 한 편 봤다. 보면서 네 번 정도 운 것 같다. 가끔은 울다가 웃기도 했다.

     영화가 끝나고 잠시 동안 홀로 멍하니 앉아 있었다. 실은 다른 활동을 하기가 어려워 영화를 보고 글을 쓰고 책을 읽고, 그사이에는 아무것도 안 하고 생각만 하는 시간이 늘어나고 있다.

     얼마 동안은 내가 본 영화에 대해 생각했다. 그러다가 영화란 무엇일까를 생각했다. 사람들은 평생 왜 그토록 여러 편의 영화를 보고자 하는 것일까?

     평생 동안 그리고 지금 이 순간에도 나는 언제나 내 자아와 내 의지와 내 지각이 과연 정말 유효한지, 현실이라고 할 수 있는지 질문을 해왔다. 내 머리로 인지하면서 실제라고 믿고 싶은 세계가 그저 미약하고 헛된 환상일 수도 있다고 자주 생각했다. 그 때문에 나는 이 세계의 배경처럼 그 자리에 서서 언제나 불안해하곤 했다. 그러나 우리가 영화를 볼 때처럼 이 모든 세계를 **진짜**라고 인식할 때는 충분히 진짜다. 충분히 즐길 만하다. 그 안에서 웃고 울 수 있다. 시간과 마음을 투자하고 그 안에서 기쁨과 의미를 얻어낼 수도 있다.

우리가 영화를 좋아하는 이유는 그것이 진짜이기 때문이 아니라 그것이 진짜라는 환상을 솜씨 좋게 직조해냈기 때문이다. 경험의 환상을 제공하는 것이다. 완성도 높은 영화를 보고 있을 때 우리는 그 영화의 얼마만큼이 진짜인지, 이 내용이 정확히 어디에서 나온 것인지, 영화의 모든 장면이 어떤 의미를 갖는지, 영화가 어떤 결말로 끝나게 될지 알지 못한다. 이 알 수 없음이 영화의 재미를 더한다. 그렇기 때문에 우리는 아직 관람하지 않은 영화 내용을 알게 됐을 때(스포일러 당했을 때) 화를 내기도 한다. 영화가 애초에 사실이 아니라는 것을 알면서도 그렇다.

35

       의식이 계속해서 진화했기 때문에 인간도 존재하게 되었다고 할 수 있다. 의식의 진화란 무엇일까. 우리는 의식의 의미에 대해서 이해할 만큼은 진화했지만 의식이 무엇인지 알 수 있을 정도로 진화하진 못했다. 따라서 불완전한 진화 안에는 의식과 무의식의 완벽한 조화가 존재한다. 능력과 무능력, 지성과 무지가 교차한다. 비극적으로 느껴질 만큼 아름다운 교차라 할 수 있다.

       도마뱀은 인생의 의미에 대해 신경 쓸 역량도 없고 관심도 없기 때문에 인생의 의미를 알지 못한다. 먼 미래에 초고도의 지능을 가진 존재가 나타나 마침내 인생의 의미를 알아낼 수도 있지만, 그 존재는 그것에 대해 관심이 없을 수도 있다. 더 이상 관심을 갖지 않는 것일 수도 있고 이미 알기 때문에 안다는 사실을 신경 쓰지 않는 것일 수도 있다.

       어쩌면 인간으로 산다는 건, 평생 동안 확신을 갖고 서 있을 수 있는 단단한 땅을 찾기 위해 고군분투하다가 결코 그곳에 도달하지 못한 채 죽는 것이 아닐까 싶다.

그러나 그 또한 그렇게까지 나쁜 일은 아닐 것이다. 인간이 인생과 자아의 진정한 의미를 안다 해도 그것으로 과연 무엇을 할 수 있을까? 미스터리를 풀 것인가? 게임을 끝낼 것인가? 그다음에는?

아마도 언젠가 우리는 인간과 세상에 대한 통합된 이론을 찾아낼 것이고, 어쩌면 그 이론이 인간의 생을 더 낫게 만들어줄 수도 있을 것이다. 하지만 인생의 의미를 찾아낸 다음에도 계속해서 인생의 의미에 대해 관심을 갖게 될 확률은 얼마나 될까?

처음부터 끝까지 어떤 일이 일어나고 왜 그일이 일어나는지 다 아는 영화를 상상해보자. 그리고 그러한 삶을 상상해보자. 우리가 모든 것에 대한 이론이나 등식을 찾아내 양자역학과 상대성이론의 신비와 결합시킬 수 있고, 이 우주가 어떻게 작동하는지에 대한 핵심을 모두 간파했다고 가정해보자. 그것이 인생의 의미를 탐구하는 우리의 관점에 어떤 차이를 만들까?

물론 우리는 그것이 영화라는 점에 동의하고 그 영화의 연출 방식에 대해서도 비슷하게 생각하지만, 영화의 의미는 여전히 그 영화를 관찰하는 개인의 몫일 것이다. 같은 영화를 보거나 같은 경험을 하면서도 개인에 따라 완전히 다르게 해석하고, 상대적으로 인식할 것이다. 따라서 우리가 내일 당장 인간 존재에 대한 지극히 중대하고 궁극적인 진실을 알아냈다 해도 인구 절반은 믿으려 하지 않을 것이다. 다른 절반은 이 진실을 수호하기 위해 싸울 것이다. 전반적으로 지금도 이 상태와 크게 다르지 않다고 할 수 있다. 이 세상 전체가 한 가지 진실에 동의한다면 그땐 무슨 일이 일어날까? 드디어 유토피아가 건설될까? 그다음은 또 어떻게 될까?

유토피아는 인간 조건의 반의어다. 만약 유토피아가 존재했다면 인류는 유토피아의 창조자도 경험자도 아닐 것이다. 적어도 인간이 지금 존재하는 방식 안에서는 유토피아가 건설되지 못할 것이다.

어쩌면 미래에 우리는 인간 이상의 어떤 존재로 진화할지도 모른다. 초월적인 지적 능력을 지닌 인류가 탄생할지도 모른다. 그리하여 유토피아적인 조건을 가진 세계와 우주가 창조될지 모른다. 하지만 그때까지 인류가 존재한다 해도 그 유토피아를 책임지고 지배하는 건 인류가 아닐 것이다. 인류는 그런 이상적인 세상을 유지하기 위한 지성이나 결속력이나 관리력을 가지고 있지 않은 것으로 보인다. 만약 인류가 유토피아의 시대에도 존재할 수 있다 해도, 지금 우리 중 누구도 그때까지 살아 있지 않을 것이다. 따라서 유토피아에 대한 염원이 지금 우리가 이 땅에 존재하는 데 어떤 소용이 있을까?

우리가 삶의 질과 의미에 대한 사색을 통해 찾고자 하는 진실은 외형적 진리가 아니다. 이 우주의 질문을 한꺼번에 해결해줄 거창한 진리도 아니다. 우리는 단지 우리의 내면에서 흘러나오는 진리를 원한다. 안정적인 자아를 완성하는 데 도움을 주면서 나와 내가 세계를 인식하는 방식을 자연스럽게 통합시켜줄 진리를 원한다. 하지만 어쩌면 우리는 이것을 영영 발견하지 못할 수도 있다. 심지어 여기에 진리라는 말이 적당한 단어인지 아닌지도 잘 모르겠다. 사실 여기에 적당한 단어는 없다. 그것이 핵심이다.

나는 여기 앉아서 글을 쓰고 있다. 내 존재에 대해 곰곰이 생각 중이다. 내가 이 삶과 이 존재와 맺은 이상한 관계에 대해 생각한다. 지금 이 순간 글을 쓰면서 얼마나 이것이 옳게 느껴지고 내가 얼마나 살아 있다고 느끼는지를 생각한다. 이 순간이 얼마나 감동적일 수 있는지, 얼마나 한심하고 미친 짓거리 같으면서도 아름다운지, 과거에도 이것들이 나에게 얼마나 중요했었는지를 생각한다. 나에게 중요한 것들은 늘 생각하기, 글쓰기, 말하기 그리고 진심 어린 경험과 시도에 관해 쓴 글을 읽는 것이었다. 개인적으로 나는 인간의 조건 안에서 할 수밖에 없는 도전, 고통, 혼란을 가능한 한 똑바로 대면하려고 했고, 그것은 부족하긴 해도 그나마 내 인생에서 가장 심오하고 강렬하고 아름다운 순간을 선사해주었다.

만약 누군가 내 삶의 궁극적 의미를 나를 대신해 찾아준다면, 그로 인해 삶을 이해할 수 있었다면, 내가 느낀 가장 가치 있는 순간들을 경험할 수 있었을까? 삶이 나를 끊임없이 상처 주고 나를 압도하지 않았다면? 만약 내가 별들이 어디로 가고 어떻게 이곳에 오게 되었는지를 정확히 알았다면 밤하늘은 지금처럼 아름다울까? 왜 바위와 나무들이 지금의 모양으로 있게 되었는지 정확히 알았다면 산 정상에서 보는 전망이 그토록 벅차고 신비로울 수 있었을까? 내가 예술을 창조하고 삶을 해석하는 틀을 만들고자 하는 영감을 받을 수 있었을까? 나는 어떤 글을 썼을까? 어떤 글을 읽었을까? 어떻게 사랑에 빠지고 우정을 찾고 타인과 공감할 수 있었을까? 나는 왜 웃거나 울었을까? 지금 이 순간엔 무엇을 하고 있었을까? 더 하고 싶은 말이 남아 있었을까? 그것 때문에 살거나 죽고 싶을 정도로 강하게 매달리고 싶은 것이 있었을까?

이 세상에 대해 더 많이 알았을지라도 내 인생이 더 크게 나아지지는 않았을 거라 생각한다. 아니, 전반적으로 나빠지기만 했을 수도 있다.

우리는 확실성을 갈망한다. 불멸을 소망한다. 갈등, 고통, 오해가 사라지는 유토피아적 결말을 원한다. 모든 암흑이 사라지길 바란다. 그러나 모든 암흑이 제거된다면 어둠이 없는 빛만 남을 것이다. 빛과 대비되는 어둠이 없다면 결국 우리는 그 빛을 감지할 수 없을 것이다.

우리가 원한다고 생각하는 것은 실은 우리가 원하는 일이 아닐 때가 많다. 우리가 원하는 걸 모두 가질 수 있었다면 우리는 아무것도 갖고 있지 않았을 수도 있다. 어떻게 보면 우리가 진정으로 원하는 건 원하는 것 그 자체이다. 끊임없이 추구할 무언가를 찾고 그쪽으로 움직이는 것이다. 영원히 어디론가 움직이려는 우주의 진동을 느끼고 그것과 나를 조율하려는 것이다.

환상적인 연인 관계나 아름다운 우정을 유지하는 두 사람은 신기할 정도로 다르고, 서로 반대의 기질을 가진 채 조화를 이뤄가는 경우가 많다. 인간 또한 우주와 그런 관계로 존재해왔다고 생각한다.

우리와 우주와의 관계는 지속되어야 한다. 대

치되어야 한다. 주고받아야 한다. 비이성과 이성이 교차해야
한다. 의미가 무의미와 만나야 한다. 유한함은 무한함과 접
속해야 한다.

　　　　　모든 인간관계처럼 이 안에는 희로애락과 갈
등과 행복이 있을 것이다. 우리는 우리의 다른 점들을 여전
히 갖고 가지만 그럼에도 이 관계 안에 머물기로 할 것이다.
어떤 이유인지 모르지만 우리는 서로에게 이상할 정도로 강
하게 끌리고 있으므로.

36

　　우리가 어디를 향해 나아가는지, 우리는 우리의 생각만큼 잘 알고 있을까. 만점만 받는 학생이 시험에 나온 모든 문제의 정답을 알고 있을지는 몰라도 애초에 그런 시험이 왜 존재해야 하는지에 대해서는 그날 아침에 늦잠을 자서 시험을 보지 못한 학생보다 더 잘 안다고 말할 수는 없을 것이다. 마찬가지로 성공한 사람, 영향력 있는 사람, 지혜로운 사람이라고 불리는 이들도 근본적으로 자신의 존재에 대해, 아예 태어나지 않은 사람에 비해 크게 더 잘 안다고 할 수도 없다.

　　우리는 우리가 창조한 신들만큼이나 지혜롭고 우리가 벽에서 털어버리는 벌레만큼이나 하잘것없다. 우리가 밟고 있는 먼지만큼이나 하찮지만 그와 동시에 우리 위에서 돌고 있는 우주의 성운만큼이나 신묘하다. 우리는 거대한 자연의 일부이며, 아무런 단서나 맥락 없이 아무렇게나 던져진 존재이기도 하다.

　　인간과 나무가 유일하게 다른 점은 인간은 자

신이 인간이고 나무라 불리지 않는다는 걸, 현상적으로 나무로 인식될 리 없다는 것을 안다는 점이다. 그러나 이 인식은 인간이 근본적으로 나무와 크게 다르지 않다는 점까지 바꾸지는 못한다. 나무는 인간이 이 세상에 나타난 방식과 같은 방식으로 나타났다. 선택하지 않은, 방대한, 미지의 순서로 여러 단계의 변화와 진화를 거쳤다. 이 과정은 모두 자연이라고 부르는 큰 전체의 일부다. 그러나 정작 우리는 우리가 자연이라고 느끼지는 않는데, 그 이유는 자연을 관찰하면서 자연을 '자연'이라고 부르고 있기 때문이다. 그러나 물론 이것은 자연이 자신을 '자연'이라고 부르는 현상일 뿐이다.

　　　　　나무가 없었다면 인간도 없었을 것이다. 그 누가 이 자연 안에서 나무와 인간이 똑같이 중요한 기관이 아니라고 주장할 수 있을까? 영국의 철학자이자 불교 사상가인 앨런 와츠는 이렇게 말했다. "우리는 이 환경의 유기체가 아니라 우리는 유기체이며 환경이다. 우리는 유기체 – 환경이다."

37

우리 중 어느 누구도 스스로를 선택하지 않았다. 나에 관한 모든 것은 우리의 의지와 상관없이 우리에게 일어나버렸다. 인간은 강력한 생식의 욕구와 생명에의 의지를 태곳적부터, 미생물의 시대부터, 혹은 그 이전 시대부터 거의 반강제적으로 주입받았다. 인류의 역사란 강제적으로 태어난 존재의 생존 의지에 의해 유지되고 있을 뿐이다. 어느 누구도, 집단으로서의 인류도 인간이 인간으로 태어나는 것의 어떤 부분도 통제하지 못한다. 사실 인간은 우리 개념 속의 인간다운 인간과는 거리가 멀다고 할 수 있다. 혹은 인간은 우리가 생각하는 것만큼 인간적이지 않다.

우리 모두는, 근본으로 들어가면 진화 실험이라는 게임의 승객일 뿐이다. 우리는 서로 공격하고 경쟁하면서 어쩌면 지금보다 더 나쁜 상태, 지금보다 우리에게 더 무심한 상태로 갈 수도 있었다. 물론 아닐 수도 있다. 그나마 확실하게 말할 수 있는 건 우리는 아무런 단서 없이 이곳에 내던져졌다는 사실 하나다.

우리는 모두 패닉에 빠진 채 같은 곳을 빙빙 돌면서 우리가 충분히 괜찮은 존재가 아니라는 사실에 겁을 먹고 있다. 아무것도 아닌 일로 소리를 지르며 서로를 맹렬히 증오한다. 나 자신을 외면하고 파괴한다. 사랑하는 사람의 인생을 망가뜨리고 배신한다. 이해할 수 없는 이유로 죽이고 죽는다. 하찮은 일에 온갖 노력을 쏟아붓는다. 우리가 지금 무엇을 하고 있는지 도통 알지 못한다. 아무도 자신의 인생을 통제하지 못한다. 인간이 가진 확실하고 유일한 증거는 인간이 인간이란 사실뿐이다.

38

　잠깐만 이렇게 상상해보자. 우리는 우리 전에 이 지구의 시간과 공간을 차지했던 침팬지다. 이 침팬지가 시대와 공간 속에서 진화한다. 그러다가 진화된 인간 이전의 미완의 인간이 나타난다. 이 미완의 인간이 점점 더 진화하여 먼 미래의 인간, 즉 지금의 우리가 되어 세상을 지배한다.

　침팬지는 기본적으로 의식하지 않는 존재이기에, 서로와 싸우고 세상과 싸워서 선택적으로 살아남고 재생산을 하여 스스로 진화하면서도 무슨 일이 일어나는지 몰랐다. 그리고 그들로부터 진화했다고 하는 우리가 있다. 그리고 그중에 일부는 동물원에서 여전히 침팬지로 남아 있기도 하다.

　우리가 그들로부터 진화했다면 앞으로 무엇인가가 우리에게서 진화하게 되지 않을까. 아마도 그것이 우리가 현재 나아가고 있는 방향일 것이다.

　그러나 우리 이전의 종과는 달리 우리는 우리 자아에서 파생된 자아의 진화를 의식적으로 관찰하는 능력이 있다. 우리는 여전히 우리가 무엇을 하고 있고 왜 하는지 인식하지 못한다는 점에서 침팬지든 뭐든간에 우리 이전의 종들과 완전히 다르지는 않다고 할 수 있다. 그러나 자아 성찰, 이성적 사고, 절제의 가능성이라는 고유한 차이점을 가지고 그것을 경험하고 있기도 하다. 이것이 우리의 미래와 진화의 방향에 어떤 의미를 가질까? 어쩌면 아무것도 아닐지도 모르고, 어쩌면 큰 의미일지도 모른다.

아마도 의식적인 고찰의 능력 또한 냉정하고 무관심한 진화가 창조한 또 하나의 도구일지도 모른다. 이는 인간에게 주어진 환영이나 착각으로 오직 진화의 목적만을 위해 기능하고 인간을 위해 해주는 일이 없을지도 모른다. 혹은 지금의 우리는 진화라는 고삐의 일부를 쥐고 있는 것일지도 모른다.

39

며칠 전 친구들과의 대화 중에 한 친구가(아니, 친구라기보다는 지인이라 할 수 있는 사람이) 세상에 남기고 떠나는 유산 혹은 **영향력**이라는 주제를 꺼냈다. 그는 내가 남길 유산에 만족하는지, 그것이 무엇이 될 것 같은지 물었다. 내 대답을 요약하자면, '나도 잘 모르겠다'였다. 실은 내가 떠난 다음에 내 인생이 세상에 어떤 영향을 미칠지, 그것이 세상이 말하는 좋은 것일지 아닐지에 대해서 거의 생각해본 적이 없다. 그래도 솔직하게 내가 생각한 결론은 이것이다. 나도 모른다.

우리는 참으로 이런 질문과 대답을 상상해보는 일을 좋아한다. 그러나 그 질문에 대한 유일한 답은 이것이 아닐까. 진실로 우리는 이 세상이나 인간이 진정으로 필요로 하는 것이 무엇인지 끝끝내 알 수 없다는 것. 국가나 인류처럼 큰 세계 안에서도 그렇고 사소하고 개인적인 세계 안에서도 그렇다.

어떤 존재가 자신이 진정 누구인지 모르고 자

신이 무엇을 필요로 하는지도 모르는데 다른 사람이 뭘 필요로 하는지 어찌 알겠는가?

세상을 바꾸고 싶다는 문장은 매우 인기가 많다. 아니, 이렇게 수정할 수도 있겠다. "이 세상을 조금 더 나은 곳으로 만들고 싶다." 크든 작든 이 세상을 변화시키고 싶다는 생각에는 근본적으로 아무 문제가 없다. 이 세상을 더 나은 곳으로 만들고 싶은 소망은 위대하고 건설적이라고 생각한다. 이 무지하고 무분별한 삶 속에서 반드시 시도할 만한 가치 있는 일이 있다면 이것이라고도 생각한다.

하지만 사실은 매일 우리가 침대에서 나올 때, 거리를 건널 때, 누군가에게 한마디를 건넬 때, 문을 열 때도 세상을 영원히 변화시킬지도 모를 일을 하고 있는 건 아닐까. 사소한 행동과 사건이 누구도 생각하지 못한 거대하고 감격적인 변화를 야기할 수도 있다. 딱히 일부러 노력하지 않았는데도 그럴 수 있다. 어느 누구도 자기 행동이 어느 범위까지 영향을 미칠지 모르고, 이른바 좋은 기질이나 나쁜 기질이 우리에게 어떤 자산이 될지 알지 못한다. 모든 행동의 결과나 반향은 그 행동을 한 당사자의 판단 능력을 벗어난다. 또한 같은 맥락에서, 이 세상을 변화시키려던 사람도—고귀하고 선한 의도로 노력하지만—자기가 과연 어떤 일을 야기하고 있는지 전혀 모를 수도 있다.

우리 모두는 어떤 방식이든 세상을 변화시키게 될 것이다. 물론 더 나은 방향을 위한 노력이므로 누구에게 큰 상처를 입히진 않을 것이다. 하지만 자신이 궁극적으로 세계에 변화를 줄 수 있다는 생각은 어리석음이나 자만이 아닐까. 나에게 진정 솔직하고 진실하고 싶다면, 나의 유산이 실제로 이 세상을 더 낫게 만들지 나쁘게 만들지, 둘 중 아무것도 아닐지 절대 알 수 없음을 인정해야 한다. 우리는 그 어떤 존재보다 더 중요하거나 덜 중요하지 않을 것이다. 갑자기 도로에 뛰어들어 운전자의 약속 시간을 미루게 한 사슴과 크게 다르지 않을 것이다. 이 운전자가 제시간에 도착했다면 목적지에서 다른 결정과 다른 행동을 하여 이 세상을 바꿀 수도 있었을 텐데 그 사슴 때문에 그렇지 못했을 수도 있지 않은가.

세상을 바꾸고 싶고 더 나은 곳으로 만들고 싶다는 소망은 아마도 이기적으로 설정된 인간의 정신에서 나올 수 있는 가장 선한 의도(쓰임새)를 가진 생각일 것이다. 이보다 더 아름다운 생각은 없다고도 할 수 있다. 하지만 그와 동시에 나는, 누군가가 진정 그 의도와 행동 안에서 어떤 아름다움을 끌어내길 바란다면 그 일에서 성공 여부가 중요하게 여겨져

서도 안 되고, 실제로도 그다지 중요하지 않다고 생각한다. 그
보다는 그 사람이 어떤 뜻을 가졌는지가 더 중요하다. 다른 말
로 하자면, 세상에서 가장 아름다운 것들은 종종 보이지 않는
다는 사실을 인식하는 편이 더 중요하지 않을까 싶다.

　　　　세상을 더 나은 곳으로 만든 사람이 받는 칭찬
이나 포상도 그렇게까지 중요한 건 아니다. 진심을 다해 시도
하고 노력한 사람들, 때로는 큰일을 하지 않았고 대단한 사람
이 되지 않았던 평범한 이들에 관한 이야기들도 중요하게 생각
해야 하지 않을까. 그저 품위 있고 사려 깊게, 머뭇거리면서
겸손하게, 평소엔 할 수 없는 일을 하려고 했던 사람들도 있지
않을까?

　　　　우리를 통해 일어나거나 우리 주변에서 일어
나는 일은 우리의 통제력과 시야에서 훨씬 더 벗어나 있기도
하다. 따라서 세상을 바꾸고자 하는 우리의 노력은 우리의
의지와 이해를 벗어난 어떤 힘에 좌우되는 것이 아닐까 싶
다. 그러나 바로 그 힘이 우리가 바꾸고자 애쓰는 현재의 여
러 문제를 야기하기도 한다. 결국 지금 이 세상이 필요로 하
는 대부분의 변화는 세상이 필요하다고 생각해 만든 변화를
다시 이전으로 되돌리는 일이 될 수도 있다.

　　　　세상은 끊임없이 운동한다. 무작위적으로 혹

은 전형적으로, 혹은 두 가지 특징이 결합되어 움직이면서 우리를 어디론가 데려가기도 하고 우리를 통과해 앞으로 나아가기도 한다. 그중 무언가는 우리가 뛰어넘거나 넘어뜨릴 수 없는데 우리가 바로 그것이기 때문이다. 만약 그렇다면 더 나은 세상을 만들기 위해 이전의 것을 뛰어넘거나 쓰러뜨리는 것은 옳은 방법이 아닐지 모른다. 더 나은 세상으로 만드는 건 우리가 뛰어넘거나 쓰러뜨릴 수 없는 세상의 일부라는 사실을 존중하며 행동하는 것일지도 모른다.

6장
비관주의자가 본 희망

40

　　이 몸 안에서 산다는 건, 마치 불편한 소파에서 편안해지려고 노력하는 것과 같다. 문제는 우리가 이 불편한 소파에서 절대 일어날 수 없다는 것이다.

　　최근에 깨달은 건 내가 하루 대부분의 시간을 어떻게든 조금이라도 편안하려고 노력하면서 보낸다는 사실이었다.

　　사용하던 병원 침대에서 또 다른 병원 침대로 옮겨보고 이 병원 의자에 앉았다가 다른 의자에 앉아본다. 이상한 의료기구 위에 누웠다가 우리 집 소파로 돌아왔다가 일어나 침대에 눕고 그사이에도 나는 어딘가에 앉거나 누워 있다. 그러나 이 모든 자리는 어딘가 조금씩 불편할 뿐이다. 의자와 침대도 편치 않다. 온도와 장소도 만족스럽지 않다. 대체로 내가 입은 옷들도 불만스럽다. 물론 이 불편함이 물건들 때문이 아니라는 건 알고 있다. 내가 문제다. 나의 몸이 문제다. 나의 의식이 문제다. 어떤 이유에서인지 이 의식은 내가 편안해지는 것을 계속해서 거부하는 것만 같다. 그러나 나는 나와 내 몸과 의식에서 절대 빠져나올 수 없다. 나는 그저 약간 더 푹신한 소파를 찾으려 할 뿐이다. 옷을 갈아입어보기도 한다. 방의 온도를 올려본다. 아니면 여기가 아닌 다른 곳으로 가기도 한다. 그렇게 한들 편안함을 느끼는 것은 일시적일 뿐이고 바로 그 반대 상황을 원하게 된다.

약간의 신체적 불편함을 안고 버텨보려는 이 현상은 우리가 살면서 느끼는 전반적이고 지속적인 불만족, 불편함과 동일한 메커니즘이 아닐까 생각하게 된다. 우리는 언제나 이보다는 더 나은 것, 이것 아닌 다른 것을 지속적으로 열망한다. 내가 하지 않는 일과 갖고 있지 않는 물건에 채워지지 않는 욕망을 품는다. 따라서 나 자신이나 그리고 내가 있는 장소에서 완전히 편안해진다는 것은 초인도 이루어낼 수 없는 불가능한 일로 보인다.

우리는 인생이라는 작동 기어 안에서 몸을 꼬고 비틀다가 이 기어가 우리에게 일 초 정도 허락하는 순간에 잠시 편안한 숨을 내쉬었다가, 곧바로 또 다른 불편함과 불만족 상태로 돌아갈 뿐이다.

41

　평생을 고민하고 방황하고 떠돌면서 나의 인생이 아무것도 아니지 않기만을 희망하다가 아마도 그럴 것이라는 사실을 깨달을 때쯤 죽음이 찾아온다. 내가 옳았는지 옳지 못했는지 확신하지 못한 채 끝나버린다. 나 또한 여기서 내가 옳은지 아닌지 절대 말할 수가 없다. 내가 옳은지 알 수 없다는 사실을 아는 것이 과연 옳은지도 알 수 없다. 그리고 이 세상의 모든 이유들은 내가 앞으로도 영영 모를 확률이 높다는 사실만을 가리키고 있을 뿐이다.

42

어젯밤에는 꽤 많이 취했다. 보드카를 한 모금씩 마시다가 보니 나중에는 쓴맛이나 취기를 전혀 느끼지 못할 정도였다. 물론 맛도 모르고 마시고 있다는 걸 알아채지 못할 정도로 인사불성이 된 건 아니었다.

나는 혼자 있었다. 나는 술을 줄곧 마셔왔고 특히 근래에는 자주 마신다. 보통은 혼자 마신다. 이론적으로는 내가 받고 있는 화학요법과 약물요법 때문에 적당량 이상의 술은 금지되어 있으나 지금은 술과 상극인 약물을 복용하고 있지 않기에, 치명적이지만 않다면 마시는 편이 나의 정신 건강엔 더 유익하다고 혼자 결정했다.

어린 소년이었을 때는 취해서 흐느적거리거나 말이 꼬이는 어른들이 한없이 멍청하고 한심해 보였다. 그러다가 호기심이 생겨 난생처음으로 술에 취해 보기도 했다. 아마 지금의 내가 멍청하고 한심할 수도 있고 어릴 적의 내가 멍청하고 한심할 수도 있다. 아마도 둘 다일 것이다.

사실은 이제까지 술은 나에게 그렇게까지 큰

문제가 된 적은 없었다. 술을 즐겨 마시다 보면 어느덧 음주는 일상으로 자리 잡고, 자신을 다독이거나 일주일을 정리하는 방점이 되기도 한다. 하지만 당신이 나처럼 실용주의적이면서 강박적인 사람이라면, 실용주의와 강박주의 때문에 술을 마시기 시작했더라도 그것들 때문에 선을 넘거나 과음하지는 않을 것이다.

　　　　한번은 파티에서 친구 한 명과 그날 처음 만난 사람들과 대화 중이었다. 우리는 만취 경험담을 나누고 있었고 나는 이런 말을 했다. "나는 만취의 매력이라는 게 죽음과 같은 느낌을 주기 때문일 거라 생각해. 우리 모두는 죽지는 않으면서 죽고 싶어 하지 않나?" 갑자기 주변이 찬물을 끼얹은 듯 조용해졌고 내 친구는 어떻게 수습해야 할지 모르겠다는 듯 이렇게 얼버무렸다. "자식, 뭐 그렇게 극단적이야." 얕은 숨을 급히 내쉬는 모습이 내가 한 말이 놀랍고 불편하다는 뜻 같았고 내 말이 틀렸다고 하는 듯도 했다. 하지만 나는 사람들이 동의하지 않았기 때문에 내 말이 틀렸다고는 생각하지 않는다. 어쩌면 하지 않았어야 할 말이었는지도 모른다. 지나치게 사실에 가깝고 무척 불쾌하기에 굳이 꺼내지 않는 말일지도 모른다.

　　　　이유가 무엇이 되었든 간에 나는 지금도 내

말이 옳다고 생각한다. 당연히 항상은 아니겠지만 적어도 아주 가끔, 사람들은 죽을 필요 없이 죽고 싶어 하지 않을까? 보다 엄밀하게 말하면, 사람들은 때로는 죽은 듯 깊이 잠들고 싶어 하거나 자신의 너무나 말짱한 머리에서 빠져나오고 싶어 할 수 있다. 물론 평소의 말짱한 상태로 돌아갈 수 있다는 전제하에 말이다. 술이나 약물에 취하는 것은 아마도, 일시적으로 나를 죽이는 행위를 위한 가장 빠르고 쉬운 방법일지 모른다.

인생이 고통스러울 정도로 길기만 하고 목적지를 알지 못하는 여행처럼 느껴질 때, 술에 취하면 여전히 그 여행길에 있지만 운전대에서 잠시 벗어나 조수석에 앉아서 창밖 풍경을 즐길 수가 있다. 운전자에게 방향은 알려주고 있겠지만 그래도 한숨 돌리면서 판단과 선택이라는 무거운 책임을 내려놓고 달콤하고 가벼운 기분에 젖을 수 있다.

술에 대해 근사한 명언을 남기는 이들 중 유명한 전문 술꾼이라 할 수 있는 이는 찰스 부코스키일 것이다. 그는 이런 말을 남겼다. "당신이 술에 취하면, 이 세상은 여전히 여기 있지만 아주 잠시 동안은 세상이 당신의 멱살을 잡지 않을 것이다."

물론 모든 음주가 이에 해당하지는 않는다. 여

기에 해당하는 것은 의식이 가물거릴 정도까지 취하는 일이다. 적당하고 건강한 음주는 그 선까지 가지 않는다. 하지만 좋았던 대부분의 음주는 그 언저리까지 간다. 또한 숙취는 말하기 싫을 만큼 괴롭고 끔찍하지만 내 인생에 색다른 리듬을 부여했고 나는 그 느낌을 사랑했다. 숙취의 피로감과 몽롱함은 마치 취기가 그렇듯 평소 맑은 정신에 일탈의 감각을 더하며 일상에 균형을 맞춰주기도 했던 것이다.

작가와 음주 사이에 모종의 관계가 있을까? 나도 잘 모르겠다. 다만 둘의 관계는 누군가 퍼뜨린 신화처럼 보이기도 한다. 어쩌면 자기 충족적인 신화일지도 모른다.

왜 야구 선수들은 씹는담배를 즐길까? 아마도 야구를 잘하는 사람들과 씹는담배를 좋아하는 사람이 일치한 건 아닐까? 아니면 어쩌다 보니 야구선수들이 너도 나도 하는 습관이 되어버린 걸까? 인기 많고 실력 좋은 한두 명의 A급 선수가 씹는담배를 한다고 했을 때, 이들을 존경하는 다른 선수들이 따라 하게 되고 그들 역시 A급 선수로 성장한다. 그러다 보니 씹는담배는 실력 있는 야구 선수를 나타내는 표식이 되었다. 이 사이클이 몇 차례 이어지면서 씹는담배는 야구 선수들 사이에 인종의 기풍 같은 것으로 발전하게 된 것이다. 이렇듯 무언가를 좋아하는 사람은 그것과 관련된 것들을 좋아하는 경향이 있고, 그 사람이 주변 사람들과 서로 자주 만나고 영향을 주고받다 보면 자연스럽게 퍼지는 것이다.

무엇이 되었든 정체성을 가진 모든 집단은 자신들만의 **특별한 기질**이나 **습성**을 형성하는 경향이 있다. 술도 그런 방식으로 작가들이 사랑하는 무언가로 여겨지게 되었을 거라 짐작해볼 뿐이다. 그렇다고 내가 술을 나의 좋은 친구라고 믿고 있는가 하면, 꼭 그렇지는 않다. 무엇이 좋고 나쁜지 판단하는 기준에 대해 나는 모른다고밖에 대답할 수 없다.

나에게 자녀가 있었다면, 내 아이가 술을 너무 많이 마시지 않길 바랄 것이다. 그러나 나는 나의 이런 바람이 무엇을 의미하는지는 모르겠다. 내가 했던 수많은 일들을 내 아이는 하지 않기를 바랄 뿐이다. 그러면서도 나는 그것을 계속해서 하고 있다. 이것은 나의 무수히 많은 행동, 생각, 신념 안에 존재하는 인지 부조화다. 인지 부조화의 문제를 인정하면서도 그에 관해 아무것도 하지 않는 일조차도 인지 부조화라 할 수 있다.

인생이야말로 부조화이며 불협화음이다. 하나의 질문에는 두 개 이상의 답이 있을 수 있고 **어떻게 보느냐**에 따라 같은 답이 맞으면서 틀릴 수도 있다. 또한 어떤 경우에는 보는 방식에 옳고 그름이 존재하지 않을 수도 있다. 인생을 어떤 시각으로 보아야 하는가, 라는 질문에 답이 있을까? 이 또한 옳고 그름이란 없다는 방향으로 가게 된다.

기본적으로 누가 무엇을 해야 하고 하지 않아야 하는지는 명확하게 나뉘지 않는다. 모든 것은 그가 자신의 삶과 자아를 어떻게 판단하느냐에 달려 있다. 예컨대 낙하산 없이 비행기에서 뛰어내려선 안 된다고 말할 수 있다. 살고 싶은 사람에게는 그렇다. 하지만 살고 싶지 않은 사람에게는 어떨까? 똑같은 선택과 행동이라도 당사자의 욕망과 의도에 따라서, 옳고 그름에 대한 관점 또한 극단적으로 달라질 수 있다. 도덕적 당위성이 아닌 어떤 한 사람의 자아에 관해서만 말할 때는 그 사람이 죽어야 하는지 살아야 하는지에 대해서 어느 누구도 확답을 해줄 수 없다. 그렇기 때문에 그 사람이 그에 대해 어떻게 해야 하는지에 대한 답도 없다.

도덕이라는 울타리 안에서라면, 모든 사람은 자기가 해야 하는 일을 해야만 하루하루를 버틸 수 있다. 그것이 술을 의미할 수도 있다. 금주를 의미할 수도 있다. 매일 아침 달리기를 해야만 하는 사람도 있다. 매일 밤 좋아하는 텔레비전 프로그램을 보면서 위로받는 사람도 있다. 궁극적으로 그 답은 자기 자신이 알아야 하고 그것이 인생에 미칠 손익을 따져볼 수 있어야 한다. 자기만의 탈출 방법이 삶 전체를 저하시킨다면, 다시 반대 방향으로 가면서 균형을 맞춰야 한다.

　　그러나 인정하건대 우리가 그 일을 해내는 것은 거의 불가능할 것이다. 당신이 즐기는 악습이 지금 한계에 다다르고 있는 건지, 당신이 빠져 있는 습관이 당신을 망가뜨리게 될지 우리는 잘 알지 못한다. 게다가 어떤 이들은 운이 좋지만 대다수의 사람들은 아주 높은 확률로 운이 좋지 않다. 그래서 이 세상은 알코올중독자와 온갖 종류의 중독자로 넘치는 것이다. 약물, 텔레비전, 기술, 음식, 섹스 등의 중독자들이 도처에 있다. 우리 모두는 권태로운 일상과 엄습해오는 불안의 원천, 즉 자아로부터 탈출하고 싶어 한다. 일부는 우리가 그토록 탈출하고 싶은 자아를 완전히 잃지 않고도 그 목적을 달성할 수 있다. 하지만 어떤 이들은 그렇게 하지 못한다. 그리고 어떤 이들은 그것을 찾아내는 과정 중에 죽는다.

　　인생의 모든 곳에 위험이 도사리고 있다. 인생에서 도망치거나 살아남기 위해 하는 모든 시도에 위험이 따른다. 궁극적으로 이 모든 것은 헛된 망상일 수도 있다. 우리는 나에게서, 내 인생에서 탈출할 수 있을까? 아마도 죽음을 통해서도 그렇게 할 수 없을 것이다.

43

아주 짧은 순간순간, 수만 가지 이유로, 인생
은 굉장히 명징하게 보이고 의미로 흘러넘치기도 한다. 그러
다가 거의 정확히 같은 시간만큼 아주 짧은 순간, 인생을 살
아야 할 모든 이유와 위안이 사라지기도 한다.

44

어느 날 아침에 일어나 보면 언제나 소망해왔던 삶이 눈앞에 있는 것만 같다. 내가 어릴 때, 십대 시절에, 성인 시절에 꿈꾸고 상상하던 그대로 펼쳐져 있는 것만 같다. 그럴 때면 침대에서 한 발짝도 나오고 싶지 않다.

45

매일 아침 일어날 때마다 몸이 물에 젖은 솜처럼 무겁다. 요즘 복용하는 약물이나 받고 있는 치료 때문만은 아니다. 물론 부분적인 이유는 될 수 있겠다. 하지만 생각해보면 환자가 되기 전에도 아침에 깰 때 이런 기분을 자주 느꼈다. 여섯 시간에서 여덟 시간의 수면이 제공했던 휴식이 눈을 뜨는 몇 초 동안 순식간에 사라져버리는 것만 같다.

우리는 존재하기 위해 준비해야 한다. 일어나서 삶 속으로 들어가야 한다. 이 현실로, 이 자아로 들어가야 한다. 그러나 이것들 모두 과중하다 못해 불가능한 업무처럼 느껴질 때가 있다. 아침마다 악몽 속에서 깨어난다. 그럼에도 나는 언제나 일어난다.

모든 사람이 이런 경험을 한 적이 있지 않을까 싶다. 적어도 어느 정도까지는 공감하지 않을까. 이른바 아침형 인간이라고 하는 사람들도 그럴 것이다. 아침에 눈꺼풀을 들어 올리는 순간부터 가슴 위에 실존의 책임을 얹고 깨어나는 사람들조차도 그럴 것이다. 적어도 나는 그렇다. 내 눈과 연결된 실이 있는데 눈을 뜨는 순간, 이 실이 끊어지면서 무거운 세상이 나의 몸 위로 사정없이 떨어지는 것 같다.

　　　　내 관점에서는 아침에 일어난다는 것 자체가 반항의 행위다. 침대에 있어야 할 모든 이유에 대한 저항인 셈이다. 침대의 안정과 침묵과 둔감함 그리고 이 세상의 거친 파도와 혼돈을 비교해보라. 침대에 있어야 할 이유는 얼마든지 있고 침대 안은 더없이 아늑하지만 그럼에도 나는 여전히 일어난다. 매일 일어난다. 다른 모든 사람들도 그럴 것이다. 이것이 무언가에 대한 강력한 증거가 아니라면 무엇일까? 어리석음의 증거일 수도 있다. 불굴의 정신에 대한 증거일 수도 있다. 둘 다일 수도 있겠다. 그 무엇이 되었든 우리가 매일 일어난다는 건 빌어먹을 정도로 경이롭지 않은가.

46

우리는 우주를 관찰하는 우주라 할 수 있다. 이렇게 말하면 퍽 아름답게 들린다. 이러한 감성에서 매혹적이고 멋들어진 문장이 수도 없이 만들어졌다. 나도 약간은 그러기 위해 노력한 것도 같다. 하지만 만약 이 우주가 지옥이라면 그렇게 아름답지 않을 것이다. 그러나 지옥이라고 해도 그만의 매력이 있을 것이다.

47

우리는 질서, 행복, 완벽함 등을 원한다. 과연 인간이 이 용어들을 음미해볼 정도로 호사를 누리고 있다면 말이다.

이 세상이 발전해왔다고 말한다. 달라졌다고 한다. 그러나 근본적으로는 그다지 크게 변하지 않았다. 인류가 겪어야만 하는 근원적이고 실존적인 고통은 변이되거나 새로운 얼굴을 하고 나타났을 뿐이다. 인간은 여전히 존재의 불안과 우울을 느낀다. 인생의 혼란과 부조리를 예민하게 지각한다. 그럼에도 언제든 비극이나 위기에 노출될 수밖에 없다. 집단 사이의 갈등은 여전하고 인간들 사이의 연대와 이해는 그때나 지금이나 결여되어 있다. 전반적으로 이 사회가 상상 이상으로 놀라운 발전을 했다고 하지만 이 발전은 앞으로 한 발짝도 나아가지 못한 채 더 악화되는 것만 같다.

삶은 불가피하게 고통을 수반한다. 우리는 어떻게든 그 안에서 살아갈 방법을 찾아낸다. 마치 우리는 나 자신에게서 벗어나기 위해 산을 오르내리지만, 결국은 나를 데리고 나 자신과 같이 등반하는 것이라고 할 수 있다. 우리는 어디든 나를 데리고 간다. 우리가 법칙을 무시하는 방식으로 게임에서 이겼다고 생각할 때—즉 우리는 자연보다 선천적으로 우월하기에 우리는 특별하고, 이 우주는 그 자체로 존재한다기보다 우리를 보좌해주는 방향으로 설정되었다고 생각할 때도—우리는 그저 우리 존재의 고통에 연료를 공급하고 있을 뿐이다.

누군가 자신의 미래에는 행복이 천국에서 쏟아지는 단비처럼 내리고, 어떤 것도 상처가 되거나 이상하거나 혼란스럽거나 무섭게 느껴지지 않을 수 있다고 상상하고 그런 미래를 열망한다면, 그건 그 사람 자신이 할 수 있는 가장 이상하고 가장 무섭고 가장 혼란스러운 상상일 것이다. 왜냐하면 이 세상은 기본적으로 끝없는 참사와 환멸과 실망으로 설정되었을 뿐이기 때문이다.

그러나 너무도 절실한 사람이 있다고 치자. 그 사람이 모든 것이 좋기만 한 세상, 모두가 행복하고 모든 것이 수월하게 돌아가고 모두가 평화로운 세상으로 들어가기 위해 자신이 할 수 있는 일들을 열심히 생각해내고 시도한다면 과연 어떨까? 아마 그 사람이 결국 발견하고 깨닫는 사실이란, 모든 것이 그렇게까지 좋지도 행복하거나 수월하거나 평화롭지도 않다는 사실일 것이다. 만약 무엇이 **좋아지려면**, 모든 것이 반드시 좋지만은 않아야 한다.

　　　사람은 살아 있는 한 인생이라는 조건과 한계에 갇혀 있을 수밖에 없다. 이에 대한 해답은 (만약 해답이라는 것이 있다면) 애초에 그 해답을 찾으려는 의도 자체를 전복시키는 것이 아닐까. 문제의 해답은 역설적인 접근 방식으로 해답 찾기를 멈추었을 때 비로소 떠오른다. 인생의 해답은 어쩌면 **해답**이 아니라, 해답의 필요성의 부재에서 찾을 수 있을지도 모른다.

48

　　인생은 0으로 곱하기를 해야 하는 등식이다.
그 삶에 아무리 많은 것을 더하고 보태도, 아무리 큰 숫자가
된다 해도 결국 0으로 수렴하면서 끝난다.

　　　우리 모두는 언젠가 사랑하는 사람을 잃을 것이
다. 그들을 먼저 떠나보내거나 우리가 떠날 것이다. 확신
과 주도권을 위해 최선을 다해 싸우겠지만 우주는 언제나 무
관심과 혼란만을 던져줄 것이다. 이 세상을 더 나은 곳으로
만들기 위해 수만 가지 일을 하다가 더 나쁘게 망쳐버리기도
할 것이다.

　　　언제나 옳다고 생각하는 일들을 다 하고서도
여전히 두렵고 혼란스럽고 잘못되었고 행복하지 않다고 느
낄 것이다. 그 어떤 장소에서도, 사람에게서도, 물건이나 사
상이나 삶의 방식에서도 궁극적인 위안을 얻지 못할 것이다.
늘 미치기 직전의 상태로 존재할 것이다. 권태와 불안이라
는 원통 기계 안에서 팔다리를 우스꽝스럽게 펄럭이고 있을
것이다. 우리가 이제까지 한 모든 노력은 우리가 사라지면서

용해되어버릴 것이다. 어딘가 외딴곳, 먼 미래에 우리의 흔적이 남아 있게 된다 해도 이 우주는 마지막 만찬이라며 흔적까지 모두 삼켜버릴 것이다.

그런데도 우리는 괜찮을까? 이 모든 것에도 불구하고, 더 나쁠 수 있는데도 불구하고 우리는 여전히 괜찮을까? 물론 우리에게는 다른 선택권이 없다.

아마도 나의 관점이 지나치게 비관적이고 염세적이라고 말하는 사람도 있을 것이다. 나는 이제까지 살면서 확실히 비관주의 쪽으로 더 치우쳐져 있긴 했다. 하지만 이 문제들이 마치 사실이 아닌 양 지내는 편이 더 비관적이지 않을까? 나의 진짜 생각, 진짜 감정, 이 삶이 품고 있는 사실에 무지한 척하거나, 현실을 현실이 아닌 척하고 고개를 돌려버리는 건 우리가 존재의 진실을 다룰 능력이 없다는 걸 뜻하지 않을까? 너무나 나약해서 다른 방향을 보아야 한다는 뜻일 것이다. 내게는 그것이 훨씬 더 비참하게 느껴진다. 진정한 절망이다.

진실을 직시하고, 그 진실 앞에서 자기가 할 수 있는 가장 정직한 시도를 하는 것, 적어도 자신이 진실이라 생각하는 것 앞에서 자신의 신념대로 행동하는 것. 그런 사람이 자신이 진정 어떤 사람이고 인생이 무엇인지를 인식하며 살아갈 수 있는 사람이 아닐까 한다.

나는 인간으로 사는 것은 근본적으로 고통스러운 일이라고 느낀다. 이런 나의 느낌을 발설한다고 해서 나는 지금보다 더 절망할까? 아니면 그렇지 않을까? 인생을 살아가는 것이 고통임을 인정하면서, 즉 입으로 소리 내어 말하고 그럼에도 계속해서 살아가면서 나는 실제로는 희망을 전시하고 있다. 이 사실을 알고 있지만 그래도 괜찮다고 말하는 것이 내가 생각하는 진정한 낙관주의이다.

그와 반대로, 내가 계속해서 고통을 느끼면서도 그렇지 않다고 우긴다면 어떨까. 내가 처한 조건에서 살아남지 못하는 척 행동하면서, 내가 현실이라 느끼고 알고 있는 걸 있는 힘껏 부정하면서 오히려 희망 없음을 전시하고 있는 것이 아닌가. 나의 지성과 나의 진실을 부정하는 것이다. 나 자신과 나의 현실을 직면하는 대신 몸을 돌려 다른 쪽으로 달려가는 것이다. 부자연스럽고 가망 없는 무지 쪽으로 향하는 것이다. 자아와 자아가 태어나 살고 있는 전쟁 같은 현실을 대면하지 않는 건 낙관주의가 아니라 희망 없음이다. 이를 대면하고 그 앞에서 가능한 한 최선을 다해 정직해지는 것, 이것이 진정한 낙관주의의 모습이다. 만약 그런 것이 있다면 말이지만.

알베르 카뮈는 이 문제를 '반항(revolt)'이라는 개념으로 보았다. 인간의 운명과 고행이 결국 무의미한 부조리라는 것을 알고 있지만 그에 의해 무너지는 것을 거부하고, 그럼에도 계속 그것과 싸우겠다고 천명한다. 그럼에도 이 안에서 살아가겠다고 말한다. 모두 무용하고 헛된 망상에 불과할지라도, 여전히 의미를 찾아내고 무엇이든 선택하겠다고 말한다.

진정한 지혜란 결국 인생이 암울하고 가혹할 수밖에 없음을 깨닫는 것이 아니라 그 깨달음에 대한 반응에서 찾을 수 있다. 인생의 부조리가 내게 어떤 고통을 가져다줄지 몰라도 어쨌거나 살아가겠다고 선언하는 것이다. 이 안에서 인간 정신의 정수와 인간만의 고유한 특징이 나타난다. 절망 상태에서도 포기하기를 거부한다. 절망 어디에선가 작은 희망을 찾아낸다.

불가능한 것을 희망하는 것보다 더 어리석은 건 어떤 종류의 희망도 없이 계속해서 살아가는 것이다.

나는 이 희망 없음에 희망이 있다고 믿는다. 전복적 희망은 삶의 고통을 갈망하고 그 안에서 양분을 얻는다. 이성적인 희망을 모두 포기했을 때도 그럴 수 있다.

나는 내 생명을 앗아갈 질병에 걸렸고 고통스

러운 치료 과정 속에 있다. 그러나 나는 자살하지 않았고 그러고 싶지도 않다. 평생 동안 자살하지 않으면서, 나는 나의 지성과 실용주의에도 불구하고 버티는 인생의 정신을 전시한 것이다. 살고자 하는, 계속 자신이 되고자 하는 원초적 욕망은 그 어떤 이해나 논리에도 벗어나 있다.

열두 살이 넘고도 자살하지 않은 모든 인간은 이 둘 중 하나의 살아 있는 예라고 한다―어떤 형태의 희망이거나 어떤 형태의 두려움이었을 거라고. 나쁜 조건에도 불구하고 인생이 살 가치가 있다는 희망이었을 수도 있다. 더 나쁜 대안을 피하고자 하는 두려움의 발로일 수도 있다. 그러나 후자라고 해도, 죽음에 대한 두려움이 자살에 대한 욕구보다 무거워서 살고 있다 해도 그들은 여전히 희망의 정신을 상징적으로 보여주고 있다고 할 수 있다.

희망은 적절한 단어가 아닐지도 모르지만 우리가 살아 있는 이유를 설명하는 데는 가장 적절한 단어다.

49

인생이 살 가치가 있을지 없을지는 아마도 가장 총체적인 질문일 것이다. 카뮈는 이렇게 썼다. "진정 진지한 철학적 질문은 단 하나다. 자살이다." 셰익스피어는 다음과 같이 썼다. "죽느냐, 사느냐, 그것이 문제로다." 이 문장은 인류가 남긴 모든 문학작품 중에서 가장 유명한 대사일 것이다. 셀 수 없이 많은 문학, 철학, 과학, 기술, 예술 안에서 말하고 전달한 이 질문은 모든 질문보다 우위에 있다. 왜냐하면 삶 자체가 가치 없다면 삶에서 무엇이 가치 있을 수 있겠는가?

개인적으로 삶이 진정한 비극인 이유는 삶이 살 가치가 없어서가 아니라 가치가 있기 때문이라 믿는다.

우리는 의식과 지각이라는 렌즈와 이성적인 이해라는 프로젝터를 선물받은 유일한 존재이며 그렇기 때문에 우리는 강제로 이 두 가지를 파괴하고 손상시키는 영화를 보아야만 한다. 우리는 이에 매달릴 수밖에 없고 사랑에 빠져야 한다. 우리 자신을 그쪽으로 데리고 가야 한다. 그 안에서 무언가 중요한 것이 있는 것처럼 느껴야 한다. 아무것도 통제할 수 없고 모든 것을 잃을 뿐인데도 그렇게 해야 한다.

　　　　인간에게 주어진 의식적인 삶이 선물인지, 저주인지 아니면 둘 다인지 도무지 모르겠다. 사랑한다는 건 곧 잃는 것이다. 생각하고 시도한다는 건 곧 실패를 의미한다. 산다는 건 죽는 것이다. 그럼에도 이 모든 것을 하는 편이 하지 않은 것보다는 나을까? 나는 시도하는 것이 더 낫다고 생각한다. 그러면서도 인간이 무언가를 할 수 있는 가능성이 인생의 가장 크고 아픈 비극을 만든다고 생각한다. 삶을 살아가면서 사랑하고 시도하는 것은 너무나 경이롭고 강렬하고 아름다워서 필연적이고 비극적으로 파멸할 가치가 있다. 그렇게 믿을 수 없을 정도로 고차원적인 경이로움이 불가해할 정도의 비극적인 파멸을 창조하기도 한다.

50

어떻게 그렇게 비극적인 무언가가 그토록 아름다울 수가 있을까? 어떻게 그토록 잔인한 무언가가 정의로울 수도 있단 말인가? 어떻게 한 사람이 똑같은 것을 온 마음을 바쳐 사랑하는 동시에 진심으로 증오할 수 있을까?

51

누군가 모든 것이 의미 없다 말한다면 그 발
언조차 의미 없다는 뜻이 된다. 따라서 끝없이 퇴보하는 세
상 속에서 인생이 의미 없다고 말하는 것조차 인생에 의미를
부여하는 것이 된다. 유에 중요성을 두고 있기에 무를 말할
수 있는 것이다. 인간은 자기 자신이 의미 그 자체이기도 하
고 의미를 창조하는 기계이기도 하다는 역설을 피할 수가 없
다. 모든 지각 속에서, 낙관적이고 비관적인 모든 사고 행위
안에서, 반항과 복종의 모든 행동 안에서 인간은 인생의 무
에 의미를 부여하고 있다. 의미 부여는 피하려 해도 피할 수
가 없다. 그리고 의미 찾기와 또다시 열렬히 사랑에 빠지는
일 역시 피할 수 없다.

7장

후회와 자기혐오에 관하여

52

　　기존의 치료법과 새로운 치료법들은 분명 내게 도움이 되고 있지만 크게 유의미한 효과를 보지는 못했다. 새로 시작한 방사선요법도 이전 치료보다 도움이 되었으나 역시나 유의미한 진전은 없었다. 의사가 다른 치료법을 언급했는데 이는 두뇌 내에 치료 가능한 바이러스를 주입하고, 이 바이러스가 종양 내부로 들어가 암세포를 공략하는 방식이라고 한다. 치료가 끝난 후에는 바이러스를 단기에 집중적으로 치료하는 약물을 복용하여 그 바이러스를 처리한다. 그렇게 되면 이론적으로는 바이러스도, 암세포도 죽일 수 있게 된다. 이 치료법은 일부 환자들에게 주목할 만한 효과를 거두었다고도 한다.

　　이 주 전에 이 요법을 신청했으나 나의 몸 상태와 이제까지 받았던 이전의 치료법 때문에 아직은 자격이 안 된다고 했다. 그리고 나의 종양을 수술로 제거할 가능성이 아직 완전히 사라진 건 아니었다. 이번 주 금요일에 또 한 차례의 종양 제거 수술을 받기로 했다.

53

내가 어떤 사람을 만나 그의 부모님, 친구, 연인, 아이들, 재산, 직업, 명예 및 그들이 평생 노력해서 일궈온 모든 것을 앗아가버리겠다고 말한다면 어떻게 될까? 시각, 청각, 후각, 미각 등의 감각, 걷고 말하고 움직이고 사고하는 능력, 이외에 내가 미처 생각하지 못한 모든 필요하고 소중한 조건들을 지금 당장 빼앗아버릴 것이라고 말한다면 그 말을 듣는 사람의 심정은 어떨까? 상상이 되지 않을 정도로 비통하고, 가슴 찢어지는 일이 될 것이다. 이것이 당신과 나, 모든 인간의 운명이다.

54

       우리는 이 삶이 언제라도, 내일 당장이라도 끝나버릴 수 있음을 안다. 그리고 정말 내일 끝나버린다면 정도는 다르겠지만 오늘 내가 하루를 보낸 방식에 화가 날 것이다. 그럼에도 우리는 매일 어제와 다르지 않은 하루, 며칠 전과 똑같은 하루를 살아간다. 어쩌면 내일 죽을 수도 있다는 사실을 의식하고 살면, 오늘 하루를 평소보다 더 망치게 될지도 모른다.

       나는 훗날 내가 내 인생을 후회하게 될까 봐 평생 동안 걱정하며 살았다. 후회할 일을 만들어선 안 된다는 생각이 결국엔 더 후회할 만한 인생을 만들고 말았다. 나는 언제나 넘어지지 않으려고 조심했고 신중했으며 내가 진실로 원하는 일은 피하고, 하고 싶은 말을 참았다. 아직 오지 않은 내일을 상상하면서 끝없이 공급되는 현재의 순간에 늘 머뭇거렸다.

       우리의 삶이 언젠가는 끝나리라는 것을 알지만 언제일지는 모를 때, 왜 우리는 하고 싶은 일과 하고 싶은 말을 미루게 되는 걸까? 종말의 불확실성은 일종의 신기루 효과와 같다. 이 효과는 우리의 의식에 우리가 영원히 살게 될 것이라는 생각을 주입한다. 나에게는 여전히 내일이 있으므로, 나는 이 세상의 모든 내일을 다 가졌다고 생각하게 된다.

　　　　나 또한 줄곧 이런 마음으로 살아왔다. 그러던 어느 날부터 나의 내일이 빠르게 사라져버리기 시작했다.

55

연이어 두 차례의 수술을 받았다. 미리 예정되어 있던 첫 수술을 받고 회복을 위해 병실에 누워 있은 지 사흘째 되는 날 의사는 지금 당장 두 번째 수술을 실시할 필요가 있다고 말했다. 그 말은 첫 수술 경과가 충분히 좋지 않았다는 뜻이었고, 하루 이틀 흐른 후에야 그 사실이 확실해진 것이다.

나도 모르겠다. 이제 무슨 일이 일어나고 있는지 더 이상 내 머리로는 이해할 수가 없다. 어떤 시점부터 이 상황을 구체적으로 이해해보려는 시도는 포기했다. 그저 병원에서 시키는 대로, 내가 해야 할 일을 하고 있다. 그러나 궁극적으로는 이 질병을 연구하고 치료하는 데 평생을 바친 의사들도 해결 방안을 찾지 못한다면, 내가 지금 상태를 이해할 수 있는 가능성은 없다고 결론 내렸다.

진단을 받은 직후에는 내 상황을 어떻게든 파악하기 위해 온 신경을 쏟기도 했다. 두뇌의 기능을 공부하고, 암에 관련된 논문을 검색하고, 나와 같은 종류의 뇌종양에 관해 연구했다. 하지만 나의 생존 여부가 아니라 생존 기간 연장만이 중요해졌을 때, 상황을 이해하는 데에 내 얼마 남지 않은 시간을 쓰는 것을 그만두기로 했다.

그보다는 주어진 시간에 읽고 쓰면서, 할 말이 생각나는 대로 글로 써서 남겨두기로 했다.

두 번째 수술은 그나마 성공적이었다고 한다. 그게 무슨 의미인지 여전히 모르겠다. 아마도 나에게 약간의 시간이 더 주어졌다는 의미가 아닐지.

56

어머니는 자주 나를 찾아온다. 일주일에 한 번 내지 두 번은 꼭 얼굴을 본다. 수술 후에 언제나 병실을 지키며 간병을 해주었고, 의사와의 상담이나 치료를 할 때도 동행해주었다. 어머니는 처음부터 지금까지 이 모든 과정 중 옆에서 할 수 있는 모든 일을 다 했다.

아버지는 몇 년 전에 세상을 떠났다. 나는 일 년 반 전에 연인과 헤어진 후로는 여자친구가 없었고 그 이후에 만난 여성들은 뇌종양이란 길고 고된 여정을 함께할 이들은 아니었다. 내 곁에 남아 있는 친구들은 할 수 있는 일을 찾아 이런저런 방식으로 도와주기도 했다. 하지만 나는 대체로 친구들에게 오지 않아도 된다고 단호하게 말하곤 했다. 나는 유난스러울 정도로 독립적이고 자존심이 강하다. 언제나 그래왔기에 어쩔 수가 없다. 어머니만이 나를 도울 수 있게 허락한 유일한 사람이지만, 나는 그나마도 최소한이길 바란다.

오늘은 통증 완화 치료를 해줄 새로운 의사와

의 약속이 있었다. 어머니는 병원에 같이 가주길 바라느냐고 내게 물었다. 실은 어머니가 병원에 오길 원치 않았다. 그래도 오라고 대답했다. 어머니가 그 대답을 원한다는 걸 알아서이기도 했지만 한편으로는 아마도 나의 고집스러운 마음 한구석에 어머니가 곁에 있었으면 하는 바람이 조금은 있었던 모양이다.

의사와의 면담이 끝난 후에 어머니는 차로 집까지 날 데려다주고 집에 들어와서 내 허락 없이 내 물건을 만지고 집 안을 돌아다니면서 살림과 청소를 해주려고 했다.

사실은 그날 하루 내내, 의사를 만나기 전에도, 만나는 중에도, 만난 후에도, 나는 전반적으로 상당히 예민해져 있었다. 일단 나는 인내심과 참을성이 대단히 강한 사람이 아니다. 게다가 나는 불행했다. 나는 죽어가고 있었고, 의사에게 수술이나 치료 절차에 관한 이야기들을 듣고 내 인생을 돌아보며 후회하는 그 모든 일들이 기분에 전혀 도움이 되지 않았다. 그리고 어머니에게 짜증이 나기도 했다. 아마도 그 이유라고 한다면 나는 이미 신경이 있는 대로 곤두서 있는데 안타깝게도 어머니가 그 자리에 있었기 때문이리라. 일반적인 엄마와 아들 사이에서 일어나는 티격태격일 수도 있다. 엄마는 다 큰 아들을 도와준다는 의도로 간섭

한다. 아들은 엄마가 제발 신경을 꺼주었으면 하고 엄마의 세세한 관심을 자신에 대한 모욕처럼 느낀다. 이런 식의 미성숙한 아들의 태도는 어린이였을 때 혹은 청소년기에 형성되다가 그보다 훨씬 나이 든 성인이 된 이후에도 완전히 버리지 못한다.

그냥 속으로만 짜증을 부글부글 내고 있었던 건 아니었다. 나는 버럭 화를 냈다. 사사건건 신경질을 내고, 어머니 말을 막고, 차갑게 대꾸했다. 진심으로 도움을 원하지 않았다. 차분히 생각해보면 이미 나는 어머니의 손길을 잘 이용한 데다 어머니가 그만두고 떠나버리면 오히려 서운했을지 모르는데도 그랬다. 하지만 어머니가 내 의사와 상관없이 계속 고집을 부렸기 때문에 좀처럼 고마워하기가 힘들었다.

그 와중에 최악은 나의 행동을 인식하고 내가 얼마나 배은망덕한 아들인지, 도와주려는 사람에게 화를 내는 짓이 얼마나 한심한 짓인지 알고 있었다는 점이다. 그 때문에 나는 더 화나고 불안하고 초조했다. 나를 사랑하고 도와주려는 사람이 내 주변에 있을 때 기본적으로 인상은 쓰지 않아야 한다는 것쯤은 알고 있었기 때문이다. 아니, 더 나아가 그 상황에 감사해하고 행복을 느껴야 당연할 것이다. 그러나 우리가 어느 정도, 아니 상당히 불행할 경우에는 원하는 대로 행동하기가 어려워진다. 이해하고 용서하는 것이, 웃으면서 감사하다고 말하는 것이, 너그럽고 차분한 태도를 유지하는 것이 어렵다. 그러나 나를 부정적으로 행동하게 한 불행과 자기혐오는 나의 행동거지 때문에 더 심각해지고 내 기분은 바닥까지 떨어진다.

나는 앞으로도 불행하고 자기혐오에 빠질 것이며 그 와중에 어머니든 누구든 신경에 거슬리는 행동을 할 것이고 그러면 나는 또다시 화를 내고 신경질적으로 굴 것이다. 그러다 보면 순수하게 나를 도와주고자 한 사람에게 화를 낸 나 자신이 싫어서 견딜 수 없을 것이다. 지독한 악순환이다.

이론상으로만 보면 자기혐오란 자기 자신을 싫어하는 것이니, 자신에게 관심을 두지 않을 거라고 생각하기 쉽다. 하지만 그렇지 않다. 자기혐오는 자기중심의 다른 말이다. 자기혐오에 빠지면 본인 외에 다른 사람들은 보이지 않는다. 그들을 적절히 보살피고 그들의 감정을 이해하는 건 불가능해진다. 내가 불행하면 내가 하는 모든 못난 행동이 용납된다고, 적어도 이해받을 수 있다고 억지로 믿어버린다. 그렇기 때문에 마음속에서는 언제나 내가 희생자다. 하지만 현실에서는 내가 불화의 원인이고 불행을 퍼뜨리는 사람이다.

나의 기분이 어머니에게도 전염이 된 것 같았다. 아버지는 내가 스물다섯되는 해에 돌아가셨다. 외할아버지는 내가 태어나기 전, 어머니가 스물두 살 때 돌아가셨다. 외할머니는 몇 년 전에 돌아가셨다. 엄마에게 남은 가족은 시어머니와 두 남자 형제와 그들의 가족뿐이다. 더욱이 나는 외동아들이다. 내가 죽으면 아마도 어머니는 진정으로 혼자 남겨졌다고 느낄 것이다.

이 상황에서 누구보다 아프고 괴로운 사람을 꼽는다면 어머니가 되어야 한다. 그럼에도 우리 어머니는 어머니 역할을 하고 나는 피해자 역할을 담당한다. 나는 진심으로 어머니에게 감사하고 있으나 표현하지 못할 뿐이다. 아마 어머니도 분명 알고 있으리라 생각한다. 하지만 어머니는 나의 진심을 더 자주 듣고 더 많이 볼 자격이 있다.

57

  아버지가 돌아가셨을 때 아버지에게 하고 싶었던 말과 묻고 싶었던 질문이 밖으로 나오지 못하고 내 안에 쌓여 있음을 느꼈다. 갑작스러운 병사였다. 우리 가족이 아버지가 돌아가실 거라는 사실을 실감했을 때 이미 아버지는 의사소통을 거의 하지 못하는 상태였다.

  솔직히 말하면, 아버지가 한 인간으로서 어떤 사람이었는지 안다고 할 수가 없다. 적어도 실제적이고 전체적으로는 그렇다. 물론 진짜 아버지와 가까운 모습이 살짝 드러나는 순간들이 있었다. 또한 자식이라면 직감적이고 본능적으로 부모를 이해하고 있을 수도 있다. 그러나 스쳐 지나간 순간들과 일반적이고 모호한 감정 외에는 아버지를 한 인간으로 제대로 알았다고 할 수 없다. 알았다 해도 확실히 알지는 못했을 것이다. 아버지가 삶과 죽음에 대해 어떻게 생각하는지, 신의 존재 혹은 신의 부재를 어떻게 생각하는지 알지 못한다. 사랑과 우정과 불행에 대해 평소에 어떤 생각을 갖고 있었는지, 아버지의 삶에 일어났던 크고 작은 사건의 전후 사정이라든지 숨겨진 사연을 전혀 듣지 못했다.

그럼에도 나는 지금도 여전히 아버지를 친밀하게 느끼고 있긴 하다. 우리 부자는 우리 둘이 어디쯤에 서 있는지 알았고, 서로의 말이 무슨 뜻인지 알았다. 사소한 몸짓과 언어로도 서로가 어떤 생각을 하고 있는지 짐작했다. 하지만 나의 궁금증은 여전하다. 그때도 궁금했고 지금 이 순간에도 궁금하다. 아버지는 과연 어떤 사람이었을까? 나의 혈연이자 평생 가장 가깝게 지낸 사람인데도 그 사람의 인생의 한 가지 맥락, 부모로서의 삶만 알 뿐이고 그나마도 일부밖에 알지 못한다고 생각하면 기분이 이상하다.

아버지가 세상을 떠난 후에 누군가에게 어떤 문제를 털어놓고 싶다거나 떠오르는 생각을 공유하고 싶다거나 상담받고 싶다는 욕구가 불쑥불쑥 솟아났다. 그럴 때면 아버지에게 당장 전화를 걸어 말을 걸고 싶었다. 그 모든 걸 같이하고 싶은 사람은 오직 아버지뿐이었기 때문이다. 하지만 그럴 수 없다는 사실을 돌연히 깨닫곤 황망해졌다. 아버지에게 내가 얼마나 감사하는지, 얼마나 그리워하는지 꼭 말해야만 한다는 생각이 들 때도 있었다. 그러나 그럴 수 없다는 사실을 또 한 번 실감하고 한동안 망연자실하곤 했다.

58

         사랑도 이 세상의 다른 모든 것과 마찬가지로 배워가는 것이 아닐까 한다. 애정과 감사를 어떻게 받아들이는지, 어떻게 청하고 보여주는지는 어린 시절 사랑을 준 사람을 통해 서서히 습득하곤 한다.

         나는 낯간지러운 표현이나 보여주기 식의 사랑을 감상적이고 피상적이라 여기며 거부해왔다. 나 또한 사랑을 살갑게 표현하는 환경에서 자라지는 않았다. 솔직히 말하면 그에 만족한다. 어쩌면 그 점이 몇 가지 영역에서 나의 약점으로 작용했을지도 모르겠다. 적어도 그것이 지난 연애에서 나타났던 몇 가지 문제의 원인 중 하나라고 생각하고 있다. 내 안에 사랑이 없는 건 아니었지만 내 사랑은 일종의 껍질 안에 들어 있었다. 그 사랑은 귀하고 소중했고 언제나 그 자리에 존재했다. 쉽게 부서지지만 겉에서 볼 때는 딱딱한 외관을 갖고 있는 얇은 막에 둘러싸여 있어 쉽게 안을 내보이지는 않았다. 이를테면 달걀 같다고도 할 수 있을 것이다. 이 때문에 내가 사랑하는 것들, 내가 사랑하는 사람, 내가 감사하다 느끼는 사람들에게 내 마음을 보여주거나 말로 표현하는 데 적잖이 어려움을 느꼈다.

내 생각에는 특정 부류의 사람들, 즉 나나 우리 아버지 같은 사람들에게 직접적인 표현은 서로를 불편하고 어색하게 만들 뿐이다. 그래서 아버지와 나와 같은 성격을 지닌 사람들은 언제나 상대에게 약간의 거리를 두는 편이다.

개인적으로는 이렇게 은근한 사랑, 말로 표현하지 않는 사랑도 직접적으로 표현하는 사랑만큼이나 강하고 의미 있다고 생각한다. 평소에 늘 상냥하거나 다정하진 않지만 가끔씩 툭 던지는 말과 행동에서도 사랑을 볼 수 있고 만질 수 있다. 만약 같은 자리에 있는 사람이라면 그 자리에 뭐가 쓰여 있는지 알지 않을까. 물론 모든 사람이 같은 자리에 있지는 않을 것이다. 그래서 가끔은 어떤 사람이 어디쯤에 서 있는지 알 수 없다. 사람마다 자신이 얼마만큼 아는지 일일이 말하지 않으면 각자의 자리에서 어떻게 해석하고 있을지 알 수 없다.

가끔은 달걀 껍질을 깨야 할 때가 있다. 어색하게 느껴지더라도 그래야 한다. 어색함이 너무 늦은 것보다는 언제나 몇 배 더 나으니까.

세상을 떠난 아버지와 할아버지 그리고 살면

서 헤어졌던 친구들과 과거 여자친구들은 내가 그들을 얼마나 아꼈는지 알고 있었으리라 생각한다. 그럼에도 한발 더 나아가 내가 할 수 있는 일이 있었다고, 더 명확하고 솔직하게 말했어야 한다고 느끼기도 한다. 적어도 한 번쯤은 용기를 내는 편이 낫지 않았을까? 잘 모르겠다. 굳이 말을 꺼내서 이미 충분히 좋은 분위기를 망쳐버리지는 않았을까? 아니, 그렇지는 않았을 거라 생각한다.

59

이번 주 월요일에 병원 예약이 있었다. MRI 스캔 결과 줄어드는 듯했던 종양이 다시 커졌다고 했다. 이제 종양은 내 두뇌의 다른 부분으로 퍼지기 시작했다. 이제 형식적으로 해볼 수 있는 건 다 했으며 마지막 기회마저 떠났다. 나는 이른바 마지막 과정이라 할 수 있는 그 단계로 나아가고 있다.

병원에 다녀온 이후부터 이번 주 내내 내 인생을 곱씹고 후회하면서 보냈다. 나를 미워하면서, 화를 내면서, 화를 내는 나에게 화를 내면서 보냈다. 죽음에 이르는 과정이라는 함정 속에서 옴짝달싹 못 하는 나를 어떻게든 합리화하려고 애쓰면서 보냈다. 이 과정을 무한 반복했다. 다시 말해서 내게 남은 시간이 생각보다 훨씬 줄어들었다는 사실을 점점 더 강하게 의식하면서도 그 시간을 후회로 날려 보냈다는 말이다. 얼마 남지 않은 한 줌의 시간을 증오와 회한만이 가득한 고통의 시간으로 만들었다는 뜻이다. 알면서도 계속 그렇게 했다.

벗어날 수 없는 악순환이다. 내가 통제할 수 없는 것에도, 통제할 수 있는 것에도 화가 난다. 내가 무엇을 해야 하는지 뻔히 알지만 정확히 그 반대로 행동한다. 그러다 이렇게 행동하고 생각하는 것이 얼마나 미친 짓이고 어처구니없고, 참을 수 없는지를 깨닫는다. 그렇게 한심하게 행동한 나 때문에 자기혐오와 자기 비하의 땅굴로 파고든다. 조금이라도 좋은 기분을 느끼거나 그냥 평소의 나로 존재할 수 있는 기회에서 점점 더 멀어지는 쪽으로 나를 밀어붙인다는 걸 알기에 더 미칠 것 같고 지긋지긋하다. 이 기분이 앞서 겪은 과정을 또 한 번 반복하게 한다. 아마 이 세상에서 나 혼자만 이런 생각의 악순환에 빠져 있지는 않을 것이다. 실은 이제껏 살면서도 항상 해온 일이 아니었을까. 다만 이렇게 극단적일 때까지 밀어붙이고 나니 그동안의 나의 패턴을 파악해 문장으로 만들어내기가 훨씬 더 쉬워진 건 맞다.

8장
내가 하지 않은 선택과 화해하기

60

  나는 인간에게 주어진 한 번뿐인 인생을 잘 살기 위해 무엇을 해야 하는지 대체로 알고 있었다. 어떻게 생각해야 더 기분이 나은지, 세상과 사물을 어떤 관점으로 보아야 하는지도 대체로 잘 알고 있었다고 할 수 있다. 인생에 행복을 느낄 수 있는 부분들이 얼마든지 있다는 사실도 알았다. 전율과 감동을 일으키는 경이롭고 숭고한 세계가 무수히 존재한다는 것도 안다. 인생에는 얼마든지 아름답고 기쁨이 가득한 순간이 있음을, 내가 직접 보고 느낀 적이 있기에 그것이 실재한다는 사실도 알았다. 그러나 나는 실제로 그만큼 행복해하며 살지 않았다. 행복의 가치가 있는 순간들의 작은 조각 정도만 즐기고 감동했다. 내가 했어야 하는 일, 내가 했어야 하는 생각과 실제 나의 삶을 일치시키지 못했다. 그보다는 그 과정에서 나를 속이거나 나를 파괴했다.

  내가 처한 구체적인 문제와 두려움과 불안을 열심히 극복해오긴 했으나 인생 전반에 깔린 문제, 두려움, 불안은 극복하지 못했다. 문제가 닥치면 내가 가진 수단을 이용해 영리하게 풀었지만, 역으로 문제를 다시 만들어내고 유지하는 데도 똑같이 영리했다.

인간이 가진 가장 고유하고 독보적인 특질이 이성임을 기꺼이 인정한다. 하지만 인간은 자신이 이성적 존재이고, 자기 자신을 통제할 수 있다면서 왜 사랑을 선택하지 않을까? 즐길 수 있는 모든 순간을 왜 더 즐기고 감동하지 못할까? 스스로를 싫어하고 자신에게 고통을 주면 불행할 뿐이라는 걸 이성적으로 알면서도 왜 매번 그렇게 하고 있을까? 어쩌면 그 존재란, 나라는 존재가 느끼고 아는 수준을 훌쩍 벗어나 있는 건 아닐까? 그 존재의 자아는 자신이 통제할 수 없는 수준에서 작동하면서도 그 사실을 인식조차 하지 못하고 있을 수도 있다.

나의 어떤 부분이 스스로를 파괴하는지 분석하고 설명하는 '나'는 누구일까? 여기서 무엇이든 말하고 있는 '나'는 누구인가? 이때의 '나'는 나 자신과 싸우면서 내가 원하는 내가 되지 못하게 하고 있는 건 아닐까? 나를 나보다 못한 사람으로? 더 나은 사람으로? 혹은 동일한 사람으로 만들기 위해서일까?

일반적으로 우리의 생각은 우리 자아의 표층 위에서 작동한다. 우리 자아는 바다의 찰랑거리는 파도 위에 있지만, 우리 존재 전체는 그 파도를 포함한 깊은 바다이다. 이성적인 관찰자는 오직 수면에서 떠돌지만 자아는 그 밑에도 존재한다. 깊은 바다의 바닥에 있는 물이 바다 위에 있는 물보다 덜 중요한 건 아니다. 물론 우리가 늘 보고 있는 건 바다의 표면에 있는 물이다.

겉이나 안이나 모두가 전체의 일부일 뿐이다. 내가 내려왔던 모든 의식적인 선택이나 했던 생각은 정확히 같은 정도만큼의 무의식적인 선택이나 생각이기도 했다. 내 머릿속에 있는 것은—내 눈이나 목소리나 그 무엇이든—자기가 접근할 수 있는 정도만 관찰하고 같이 나아가면서 인생의 사건들을 통제하고 진행한다고 생각하지만, 그 수면으로부터 수천 킬로 아래는 인식하지도 못하고 볼 수도 없다.

그래서 나도 이제까지와 다르게 살 수 있었다고는 생각하지 않으려 한다.

이제야 깨닫는다. 나는 나의 의식적인 자아만으로 구성된 것도 아니고 무의식적인 자아만으로 구성된 것도 아니다. 내가 나의 심장이나 내 손이 아닌 것과 마찬가지다. 아마 나는 내 두뇌나 내 몸 안에 들어 있는 것만이 아닐 수도 있다. 나는 내 안과 밖에 있는 모든 것으로 이루어져 있다. 그래서 나를 내가 관찰한 모든 것과 분리할 수도 없다. 나는 내가 관찰한 그 모든 것이다. 이 자연 속에 잠시 들렀다 갈 뿐이지만 최종 결정권을 쥐고 있다고 착각하는 승객이다. 마치 움직이는 자동차의 뒷좌석에서 가짜 핸들을 쥐고 자기가 운전하고 있다고 착각하는 어린아이와 같다.

그렇다고 해서 이 거대한 자연의 일부이기에, 한낱 승객이기에 내가 느낀 것을 느끼지 않았어야 하고 내가 한 일을 하지 않았어야 했다는 말은 아니다. 뒷자리에 장난감 핸들을 갖고 노는 아이도 이 자동차의 진짜 운전자를 어느 정도는 방해하거나 영향을 줄 수 있으니 말이다.

내가 이제까지 내렸던 선택을 내릴 필요가 없었다는 뜻도 아니다. 내 인생에 관여하지 않고 최선을 다해 시도하지 않았어야 했다는 뜻도 아니다. 평화와 안정이 있는 이상적인 삶을 알고 싶어 하지도, 그걸 성취하고 싶어 하지도 않았어야 한다는 말은 더더욱 아니다. 내가 일을 그르쳤을 때나 나쁜 일이 내게 일어났을 때, 화를 내서는 안 된다는 말도 아니다. 나는 그 모든 순간에 최선을 다해야 했고 옳건 그르건 그 모든 선택을 했어야 했다.

산다는 것은 **불가능함**을 추구하는 일이다. 인생이 자체적으로 유지되기 위해서는 앞으로 나아가야만 한다. 앞으로 나아가기 위해서는 인생을 앞으로 끌고 가는 끝없는 욕망이 있어야만 한다. 단지 그 욕망 안에서 밀고 당기는 일을 통해서는 결국 아무것도 발견하지 못할 뿐이다.

우리는 스스로 유지하는 생명의 도구나 모습으로 존재한다. 이 생은 우리 안에서 작동되기도 하고 우리를 통해 작동되기도 한다. 나는 나에게 가장 좋은 것을 원하는 사람이 아닐 수 있다. 그리고 같은 견지에서 나는 나를 좋은 것에서 멀어지게 하는, 온갖 문제를 일으키는 사람도 아니다. 나는 둘 다이며 이 둘은 서로 싸우고 있다. 나의 자아는 이 여러 겹의 밀고 당기기에서 나온 산물이다. 갈등과 결심 사이에서, 욕망과 불가능성 사이에서 늘 싸우고 있다. 이러한 지속적인 밀고 당기기가 없다면, 우리에겐 그야말로 아무것도 없을 것이다. 자아도 없고 내가 만드는 공연도 없고 인생도 없을 것이다.

우리는 꼭두각시이기도 하고 동시에 꼭두각시 조종사이기도 하다. 이 세상에 꼭두각시가 없다면 꼭두각시 조종사도 없고 그 반대도 가능하다. 꼭두각시와 꼭두각시 조종사는 같은 존재의 다른 부분이다. 모든 의식적인 존재는 이렇게 동전의 양면을 갖고 있다. 의식적 독립체가 처한 기본 요건이라 할 수 있다. 줄에 연결된 꼭두각시인 우리는 끈을 잡아당기면서 긴장을 만들어내고, 상황을 더 낫게 만들려

다가 악화시키기도 한다. 이때 우리는 지속적으로 우리가 연약하고 무능하고 어리석다고 느낀다. 하지만 이 모든 것은 공연의 일부일 뿐이다.

나라는 존재는 끈을 달고 있는 꼭두각시 조종사다. 나에게는 그 끈을 당기려는 욕구가 있다. 그러니 끈을 달고 있으면서 끈을 당기는 수밖에 없다. 내가 이와 달리 어떻게 살 수 있었겠는가?

이 생각을 한참 동안 하던 나는 어느 순간 갑자기, 어떤 불가항력에 이끌린 듯 안심이 되었다. 나는 이제 그렇게까지 암울하거나 절망적이지 않았다. 내가 후회할 건 없다는 사실을 알게 되었기 때문이다. 나도 내 나름대로 최선을 다했다. 내가 바꿀 수 있는 부분은 바꾸어왔다. 내가 할 수 없는 부분은 할 수 없었다. 내가 했어야 하는 일인지 아닌지 알 수 없는 일들은 시도하지 못했고, 그것은 어쩌면 당연한 것이었다. 나는 내가 될 수 있었던 그 사람과 정확히 같은 사람일 뿐이다. 나는 결국 되었어야 할 그 사람이 되었다. 나는 때로 아주 많은 것들을 잘못하는 방식으로 내가 해야만 하는 일을 제대로 했다고 할 수 있다. 나에겐 다른 선택권이 없었다. 이제야 그것이 보인다.

61

　　당신이 내일 당장 죽을 것처럼 산다면, 당신은 오늘 죽을 위험을 감수하고 있는 것이라 할 수 있다. 당신이 내일 죽지 않을 것처럼 산다면, 오늘을 제대로 살지 못하는 위험을 감수하는 것이다. 우리는 어느 순간에든 죽을 수 있지만 아마도 죽지 않을 것이라는 사실과, 언젠가는 반드시 죽지만 언제 죽을지 모른다는 사실 사이에 꼼짝없이 갇혀 있다. 그리고 이 두 가지는 계속 우리를 끌어당기면서 종종 이도 저도 못 하는 상태가 되도록 만든다.

　　내가 이렇게까지 빨리 죽게 될 줄 미리 알았다면 다르게 살았을까? 어쩌면 아주 많이 달라졌을 것이다. 아니면 그렇게 다르지 않았을 수도 있다. 결국 마지막에 가서는 이런 가정이 크게 중요하지 않게 된다. 과거에는 내가 몰랐기 때문에 중요하지 않고, 지금은 비록 안다 해도 과거로 돌아갈 수 없기 때문에 중요하지 않다.

　　우리가 하루하루를 온전하고 충실히 산다는 긴 내가 가신 보는 것을 잃을 위험을 감수한다는 뜻이기도 하다. 우리는 부, 사랑, 안전, 건강, 인생 자체를 언제든 잃을 수 있다. 그러나 그렇다고 해서 하루를 온전히 보호하고 보존하려고만 한다면 자신이 원하는 건 아무것도 얻지 못한다. 부, 사랑, 흥분, 경이 그리고 인생 자체를 얻지 못할 것이다. 하루를 온전히 후회만 하면서 보내는 것은 자신이 이 둘 사이의 균형을 어떻게 맞추고 화해시킬지 안다고 생각하는 것이다. 그러나 언제나 그렇듯 우리는 아무것도 안다고 할 수 없다.

62

그래도 지난 이삼일은 훨씬 나았다. 좋지는 않
았다. 하지만 더 나았다.

63

　　　　　결정을 내리지 않고 살 수 있는 인생은 없다. 그리고 거의 모든 결정에는 후회가 따른다. 키르케고르는 이렇게 썼다. "이제 완벽하게 안다 할 수 있다. 우리에겐 두 가지 상황이 가능하다. 한 사람은 이것을 할 수 있고 저것을 할 수 있다. 내가 할 수 있는 솔직한 의견이자 친절한 조언은 이뿐이다. 이것을 하거나 하지 말라. 어느 쪽을 택하든 그대는 후회할 것이다."

　　　　　거의 모든 결정의 순간, 크든 작든 우리는 우리가 될 수 있는 사람과 우리가 할 수 있는 일의 무한한 가능성과 마주하게 된다. 그리고 이 안에, 그러니까 거의 모든 순간에, 우리는 선택이라는 고뇌를 마주하고 후회를 전망할 수밖에 없다. 할 수 있는 한 최선의 선택을 내리고 싶다는 욕망을 느끼는 건 자연스러운 일이다.

　　　　　우리는 지나고 나서 더 나은 선택을 할 수 있지 않았을까, 하고 생각한다. 어떤 일이 이 방향이 아니라 저 방향으로 흘렀다면, 나에게 용기가 있었더라면, 시간이 조금만 더 있었더라면, 내가 약간만 더 신중했더라면, 조금만 다르게 행동했더라면, 모든 것이 지금보다는 나아졌을 것이라 생각한다. 그러나 모든 선택의 이면에는 지금과 거의 동일한 양의 불만과 후회가 있었을 가능성이 매우 높다.

후회에는 내가 더 옳거나 나은 선택을 할 수 있었을 것이라는 가정이 들어 있다. 하지만 해보지 않으면 절대 알 수 없는데 어떻게 그것이 옳은 선택이거나 그른 선택인지 판단할 수 있을까? 우리가 하면 좋았을 것이라 생각하는, 그러나 하지 않았던 선택의 이면은 절대로 알 수가 없다.

대부분의 선택이 힘든 이유는 설령 우리가 미래를 볼 수 있었다 해도 그 선택이 옳은 선택인지 아닌지 알수 없기 때문이 아니다. 인생의 경로에는 참으로 다양한 층위와 결이 있어 어떤 구체적인 가치 체계 하나만을 기준으로 하여 궁극적으로 무엇이 더 나은지 그렇지 않은지 구분하는 건 불가능하다. 그렇기에 다른 선택이 어떻게 펼쳐졌을지 미리 볼 수 있다고 해도, 그 사람은 여전히 그것이 옳았는지 알기 어렵다.

우리가 아는 딱 한 가지는, 다른 선택이 우리를 죽이지만 않았다면 우리는 어딘가에 살고 있을 거라는 사실이다. 우리가 어디에서 어떻게 살고 있든, 두려워하고 후회할 일은 반드시 생긴다. 두려움이든 좌절이든 어떤 형태든 간에 후회는 의식적인 삶의 현상이며 징후다. 인간의 무한한 가능성에서 기인한, 다른 선택을 할 수 있었을 거라는 후회는 생각이라는 형태로 내 안에 끈질기게 존재할 수밖에 없다.

어떤 사람이 어떤 판단을 내리더라도, 의식적인 인간의 삶에 필연적으로 따라오는 이 후회를 깨끗하게 제거할 수는 없다. 따라서 어떤 인생도 불안과 고뇌 없이 존재할 수 없다.

하지만 여기에 역설이 있다. 어떤 선택에도 후회를 피할 수 없다는 사실을 깨닫는 동시에 후회의 무게가 조금이나마 가벼워진다는 점이다. 내가 선택하지 않은 다른 삶과 다른 선택에는 그 어떤 후회도 없었을 것이라고 후회한다면, 후회는 한없이 무거워진다. 한편 후회 없는 인생은 존재하지 않는다는 사실을 인식한 상태에서 후회한다면, 그 후회는 가벼워진다. 그렇게 되면 후회가 가진 파괴적인 힘을 상당 부분 덜어낼 수 있고 잘하면 거의 사라지게 할 수도 있다.

더 좋은 건 이런 생각이 인간의 자유의지에 크게 반하지도 않는다는 점이다. 오히려 인간의 자유의지 덕분에 우리는 후회와 자기 파괴와 선택이 어차피 우리가 통제할 수 없는 부조리의 영역에 있다고 여길 수 있다.

나는 내가 이것을 조금 더 빨리 깨닫고 느끼며 살았다면 좋았을 거라 생각할 뿐이다. 그렇다면 지금의 나에게 후회가 이토록 무거운 문제가 되진 않았을 텐데.

9장
끝은 언제나 시작으로 이어진다

64

병을 진단받은 이후와 이 병을 겪는 과정에서 세상을 완전히 다르게 볼 수 있게 되었다고 말한다면, 그야말로 진부하고 당연하게 들릴 것이다. 하지만 죽음이 점점 가깝게 다가오면서 사물과 세상을 다르게 볼 수 있다는 말은 무엇이 진부하거나 당연한지 여부에도 별로 신경 쓰지 않는다는 의미이기도 하다. 가끔은 가장 뻔하고 가장 명백한 진리를 깨닫는 것이 가장 어려운 일이 될 수도 있다. 그래서 진부하다는 말이 나왔을 수도 있고, 그래서 당연할 수도 있다. 다만 우리는 그 단순한 진리를 우리 머리로 충분히 소화하지 못했을 뿐이다.

기이한 순간들이 찾아온다. 아침에 이를 닦는 것 같은 단순하고 단조로운 행위를 하고 있을 때 진부한 말이 갑자기 생명력을 얻는다. 돌연 정신이 번쩍 들 정도로의 깨달음이다. 예를 들면 '앞으로 나는 이를 닦을 수 없고 이 느낌을 다시 느낄 수 없겠구나'와 같은 것이다. 이처럼 생각 없이 반복해왔던 흔해빠진 일들이 신비 체험에 가까워진다. 생활 속의 대부분의 일들이 그렇다. 콧속으로 신선한 공기가 들어올 때의 느낌. 물이 목을 타고 넘어가면서 갈증이 해소되는 느낌. 춥거나 덥거나 딱 적당하다는 느낌. 냉장고나 에어컨의 웅웅거리는 소음. 늦게까지 잠을 못 자고 뒤척거릴 때 가끔 느껴지는 나의 심장박동 소리. 침대에서 나오기 힘들 때의 기분. 긴장했을 때 느껴지는 목덜미의 뻐근함. 햇빛이 감은 눈꺼풀을 시시각각 건드리면서 다른 빛깔과 모양을 만들 때의 느낌. 오늘의 소박하고 평범한 일몰. 어제와 같은 평범한 밤하늘. 다른 사람을 쓰다듬는 것. 무엇을 만질 때의 촉감. 좋건 나쁘건 어떤 감정들의 조합. 그러니까 모든 것들. 이것들을 나는 앞으로 경험하지 못하게 될 것이다. 그러다 보면 이전까지 아무런 관심을 주지도 않았던 것들, 관심은커녕 알아채지 못했던 것들이 그것들만 족히 누릴 수 있다면 무엇이든 바치고 싶은 아주 부요한 경험이 된다. 진부하기 이를 데 없는 말들과 인간이 죽고 보고 인생을 감상하는 경험이 완전히 생생해진다. 너무 생생하고 압도적이라 왜 이렇게 온갖 장소에서 이 경험이 나타나는지 기이하다고 느낄 정도가 된다. 헤아릴 수 없이 강렬하고 중요하고 진실하다. 이것들과 비교하면 다른 건 아무 의미도 없는 것만 같다.

　　　　　내가 없으면 모든 것이 무가 된다는 이야기

는 나의 바깥에 존재하는 모든 것이 더 이상 없기 때문에 아무것도 아니라는 의미라기보다는, 당신이 사라지면 당신만의 고유한 의식과 이해와 신념의 결과가 영원히 사라지기 때문에 아무것도 없다는 의미다. 내 머릿속에서만 독자적으로 존재하는 모든 개성 있고 특별한 버전들은 내 생의 마지막에서, 나의 마지막 뇌파가 이것들을 쓸어내 망각의 상태로 만들면 그대로 무가 되어버린다는 뜻이다.

내 두뇌 바깥에는 세상이, 우주가 있다. 무엇이 되었든 모든 것이 있다. 하지만 적어도 나에게는 내 두뇌 바깥에는 아무것도 없다. 내가 내 두뇌 안에 있지 않고는 나의 내면도 외부의 세상도 없다. 나의 외부와 내부 사이의 대조적인 관계가 있어야만 내가 속한 이 세계도 존재할 수 있다.

사실 모든 인간의 경험은 대조라는 기능을 필요로 한다. 무언가가 관찰되려면 그 반대되는 무언가가 있어야, 적어도 중립적인 것이라도 있어야 그만의 고유한 특징을 증명할 수 있다. 빛과 어둠이 그렇고 소리와 침묵, 추위와 더위, 행복과 슬픔, 일탈과 일상이 그렇다. 또 관찰자와 관찰 대상이 그렇다.

의식적인 관찰자가 된다는 것의 본질을 알기 위해서는 이 관찰 또한 대조의 기능에서 태어났다는 사실을 알아야 한다. 어떤 대상은 오직 관찰자가 있어야 관찰되고, 관찰자 또한 대상이 있어야만 관찰할 수 있다. 둘 중 하나가 없으면 둘 다 존재할 수 없다. 따라서 의식적인 경험에 대해 이야기할 때 우리는 내면이 있지 않으면 아무것도 없다고 말할 수 있을 것이다. 내적인 영역과 내적인 개념이 없는 존재에게 외부는 무無일 뿐이다.

다시 말하지만, 아무것도 없다는 말은 실제로 바깥에 완벽하게 아무것도 없다는 의미가 아니다. 다른 종류의 아무것도 없음이다. 그 모든 유有가 갑작스럽게 무와 똑같이 되어버린다면 이런 종류의 무는 횡설수설이라는 말에 비유할 수 있다.

누군가 알아들을 수 없는 언어로 아무 의미 없는 말을 했다고 치자. "스카 하지슈 헤트 올 에이." 우리는 그 사람이 아무 말도 하지 않았다고 할 것이다. 하지만 그가 아무 의미 없는 말을 했다고 해서 정말로 아무 말도 하지 않은 것은 아니다. '말했다'라는 단어의 정의에 대화를 위해 소리를 내는 행위까지 포함한다면 적어도 그는 말소리를 내뱉었다고 할 수 있다. 다만 그 말에는 어떤 의미도 없고 어느 누구도 알아들을 수 없을 뿐이다.

극단적으로 단순화한 예이긴 하지만 이것이

두뇌의 내부와 외부의 성질을 설명할 수도 있다고 생각한다. 두뇌 바깥의 세상은 물질과 에너지의 흐름일 뿐이다. 불가해하고 구분할 수 없다. 그저 춤추고 중얼거리고 있다. 한 장소에 머물러 있지도 않고 한 형태로 존재하지도 않는다. 그것 자체로는 어떤 의미도 없다. 이해할 수 있는 범위를 벗어난 것이다. 물론 아닐 수도 있다.

이 질문은 정답도 없고 생각할 필요도 없을지 모른다. 실은 어떤 의식의 주체도 의식 바깥에 존재하거나 인식하는 것이 무엇인지 알 수 없다. 의식적인 삶을 경험하게 하는 이 필터는 의식 바깥에 있는 무언가를 입증하지 못하게 하는 필터와 같다.

내 생각에 가장 흥미로운 부분은, 우리가 진짜라고 가정했다고 해서 그것이 진짜는 아니라는 점이다. 우리는 그것들 중 진짜가 얼마만큼인지도 모른다. 다만 모든 것이 불확실할 뿐이다. 특정한 사람들을 통해 특정한 현실이 인지되고 이해되고 창조된다. 그러나 그 사람은 죽으면서 자신이 인지하고 있던 모든 현실을 심연으로 끌고 간다. 따라서 특정한 개인이 현실 안에서 느꼈던 고유한 생각이나 경험은 다른 사람이 절대 알 수도 경험할 수도 없게 된다.

많은 사람들이 이런 말을 한다. "그러니까 당

신은 지금 가진 것에 감사하고, 모든 걸 당연하게 여기지 않아야 하는 겁니다." 자기에게 개인적인 영향을 주진 않지만 타인에게 상상하기 싫을 만큼 끔찍한 일이 일어났을 때 그렇게 말하기도 한다. 하지만 그다음에는 어떻게 될까. 대체로 거의 대부분의 사람들이 한 시간도 채 지나지 않아 가진 것에 감사하지 않았던 상태로 돌아간다. 물론 모든 사람이 그런 것은 아닐지도 모른다. 감사하는 데 더 소질이 있는 사람, 감사가 아닌 무엇으로 부르든 그런 감정을 잘 유지해나가는 사람이 있을 수도 있다. 하지만 나는 내가 어떠했는지만 안다. 나는 그 감사의 마음을 아주 짧은 시간 동안만 유지하며 살아왔다. 아마도 나뿐만 아니라 거의 모든 사람이 기본적으로 그렇지 않을까 짐작할 뿐이다.

대체로 기준은 크게 다르지 않을 것 같다. 모든 사람이 무엇을 하든 같은 수준의 행복과 불행에 고정되는 건 아닐까. 쾌락의 쳇바퀴라 할 수 있다. 우리는 항상 행복할 수 없고 우리 두뇌가 허락하는 정도 이상으로 행복해지지 못한다. 우리는 항상 우리 두뇌가 허락하는 정도 이상으로는 감사할 수도 없고, 매 순간 소소한 기쁨을 만끽할 수도 없다. 모든 것을 잃기 직전의 사람이 되기까지는 얼마나 많은 것을 당연하게 여기고 있는지 실제로 알지 못한다. 혹은 모든 것을 잃은 사람이라면 알 수도 있겠다. 이는 정말 맞는 말이라고 느끼고 있다. 이제 내가 그 입장이 되었기 때문이다. 내가 그 사람이 되었다는 걸 아주 생생하게 느끼고 있다. 현재 나의 자기 인식과 감사의 기준선은 완전히 달라졌다. 모든 진부한 문구들과 감상주의가 나의 현실이자 진실이 되었다. 나는 곧 죽을 것이고 모든 것을 잃을 것이며, 그렇기에 모든 것을 당연히 여겨서는 안 된다. 그렇기에 갖고 있을 때 가진 것에 감사해야 한다.

어쩌면 너무 늦기 직전에 어떤 시점에서 이 사실을 깨달을 수도 있을 것이다. 어쩌면 어떤 한순간에 이 사실을 깊이 느낀 다음, 이것을 조금 더 자주 느끼려고 노력하게 될 수도 있다. 어쩌면 감사란 연마할 수 있는 기술이나 습관, 태도나 근력 같은 것일지도 모른다. 계속 노력하다 보면 어렵지만 내 것으로 만들 수 있지 않을까. 물론, 어떤 사람들은 영영 그러지 못할 수도 있다.

65

죽는다는 건 그렇게까지 무서운 일도 몹쓸 일도 아니다. 살아 있을 때 죽음을 의식적으로 생각해보면 그렇다.

우리의 몸과 머리는 단지 우주로부터 임대한 대여품이다. 의식적이고 물리적 존재가 갖는 휴가 기간이라고 볼 수 있으며 언젠가 반드시 반환해야 한다.

휴가 기간에 우리가 가장 선망하거나 사랑하는 장소에 가는 것처럼 우리는 이 여행에도 끝이 있음을 알지만 휴가를 망치지 않기 위해서 최선을 다한다. 궁극적으로 휴가가 영원히 계속되면 휴가가 아니기 때문이다.

우리가 겪어야 하는 역경에도 불구하고, 우리는 인생이라는 휴가를 써야 하는 기회를 받았다. 자연히 그 자체를 인식하는 경험이라고도 할 수 있다. 역설적으로 이것을 경험할 능력을 잃게 된다는 두려움이 이 경험을 망치기도 한다.

내가 인생에 대해 냉소하고 인생을 즐기지 못

했던 이유는 대체로 이 죽음에 대한 의식 때문이 아니었을까, 하고 생각한다. 나는 줄곧 이 모든 생의 이면에는 죽음이 있고 우리 모두 무로 돌아가기 때문에 생에서 발버둥 치는 건 의미가 없고, 그저 모든 순간이 무를 향해가면서 장애물을 넘고만 있다고 생각했다. 그러던 어느 날 나에게 무의 순간, 여행의 마지막 날이 다가왔다.

　　　여행에 끝이 있다는 생각 때문에 여행 중에는 여행을 제대로 즐기지 못했다. 이 얼마나 어리석은가. 나는 내가 할 수 있는 가장 역설적인 방식으로, 살아 있을 때 살아 있을 수 없다고 슬퍼하며 보낸 것이다.

66

우리가 동전을 이야기할 때, 흔히 동전의 양면이라는 수사를 사용한다. 양면이 다르다고 한다면 우리는 양면의 어디가 어떻게 다른지 관찰하고 고려할 수 있다. 다시 말해서 그 사람이 양면을 이해하고 있다는 말은, 그 동전을 구성하는 전체를 이해하고 있다는 뜻이 된다.

우리가 인생을 경험하고 사색하고 고찰한다면 그 안에는 죽음이 포함되어 있는 것이다. 인생은 마치 양면이 있는 물체와도 같다. 그러나 우리는 의식적으로는 그 존재의 한 면만 관찰할 수 있기 때문에 어쩔 수 없이 그 동전의 전체가 그저 우리가 보고 있는 한 면이라고 믿으며 살게 된다. 하지만 삶과 죽음 또한 다른 모든 것과 같이 균형이고 대조다. 둘 중에 하나가 없으면 다른 하나도 존재할 수 없다. 따라서 우리가 삶을 원한다면 죽음도 원해야 한다. 리처드 도킨스는 말했다. "우리는 죽을 것이다. 그 점 때문에 우리는 행운아다. 사람들이 죽지 않는다면 아마 태어나지 않아서일 것이다. 내 자리에 대신 올 수도 있었던 이들은 아라비아

사막의 모래보다 많은 햇살을 절대 보지 못할 것이다.”

삶은 위대하며 쉽게 사랑할 수 있다고 하지만 죽음은 막연한 공포라고 생각한다. 하지만 그 반대편에 놓여 있는, 어마어마한 직경의 죽음의 공포를 통과하기 때문에 삶이 위대해지는 것이다.

상점에 가보면 물건마다 지불해야 할 가격이 붙어 있다. 누군가 “나 이거 사고 싶다”라고 말할 때는 그저 사고 싶다는 것이 아니라 갖고 싶다는 뜻이다. 하지만 갖기 위해서는 사야 한다. 삶이 반드시 치러야 하는 가격은 죽음이다.

67

나는 사후 세계를 믿지 않는다. 적어도 일반적인 의미의 사후 세계는 믿지 않는다. 나는 내가 어디에서 와서 어디로 가는지 알지 못한다. 그러나 내가 그 정보에 무지하다는 점을 고려하면서 내 인생과 자아라는 이 모든 놀라운 경험이 나의 욕망이나 의지 없이 어떻게 내 안에서 형성되었는지를 생각해보면, 나의 바깥에 있는 무언가가 동일한 역할을 맡고 있다는 생각을 받아들이게 된다.

나는 우주의 원소이면서도 내가 원소라는 사실을 인식할 수 있는 존재긴 하지만 자아에 대해 전혀 모르는 다른 무한한 원소보다 더 중요지도 덜 중요하지도 않다. 또한 앞으로 절대로 내가 될 수 없는 원소들보다 더 중요하거나 덜 중요지도 않다.

내세가 있다면 그것은 내 인생이 끝난 후에, 내가 존재하지 않게 된 후에 찾아올 것이다. 그때부터 일어나는 일은—나의 양자나 미립자가 어디로 가고 무엇이 되든 이 몸과 정신으로 태어나는 일이—지금의 나에게는 중요한 일이 아닐뿐더러 내가 통제할 수도 없다. 군이 내세에 대해 생각해보자면, 이렇게 생각하는 편이 가장 즐겁고 유쾌하지 않나 싶다. 나는 내세를 내가 통제할 수 없다는 생각을 하면 평화로워진다. 이 세계와도 유대감을 느낀다. 나는 그저 모든 것, 빙빙 돌고 진동하는 모든 것 중의 하나일 뿐이지 않은가. 말 그대로 나는 그 어떤 것보다 그 무엇보다 더 중요하거나 덜 중요하지 않다.

이때의 느낌은 내가 완벽하게 따사로운 햇살 속에 잠겨 있거나 사랑하는 사람 옆에 누워 있을 때처럼 거의 완벽한 순간에, 내 두뇌의 화학물질이 완벽한 조화를 이룬 상태일 때 가끔씩 날 스쳐가는 감각과 아주 다르지 않다. 본능적으로 모든 것이 의미 없기도 하고 그와 동시에 헤아릴 수 없이 의미 있음을 지각한다. 나 자신과 내 인생의 특별함이나 시시함은 별 의미 없을지 모르지만 삶 자체는, 삶 자체의 특별함이나 사사로움은 우주의 일부이기도 하다.

이 느낌은 무작위로 가끔씩만 찾아오고, 나는 그 순간만큼은 영원함과 황홀함을 동시에 맛본다. 그러나 그 느낌은 올 때처럼 순식간에 달아나버린다. 최근에 나는 이것을 더 자주 맛보고 있긴 하다. 그리고 표현할 수 없을 정도로 풍부하고 사랑스러운 여운이 내 곁에 점점 더 오래 남는다.

68

생각해보면 우리가 진정 행복했던 순간은 행복이라는 단어나 개념 자체가 내 머릿속에 끼어들 틈도 없던 시간 속에 있었다. 살짝 지나가는 느낌이나 감각이었으며, "나는 지금 행복해"처럼 지각할 수 있는 상태는 아니었다.

"나는 행복한가?"라고 물으면 그 질문은 곧 대답 그 자체가 된다. 굳이 물어야 한다면 아마 행복하지 않은 것이다. 이 질문은 "무엇이 행복인가?" 혹은 "나는 어떻게 하면 행복한가?" 등으로 다양한 변주를 이끌어낸다. 이때쯤 되면 이 질문이 애초에 물을 가치가 있는지 아닌지는 중요하지 않다. 이 질문으로는 그리 듣고 싶은 답이 나오지 않기 때문이다.

우리 대부분은 이제 안다. 행복은 성취할 수 있는 무언가도 아니고 영원히 내 곁에 있는 것도 아니다. 물론 더 나은 조건이나 더 나쁜 조건의 인생은 있을 테지만 어느 정도의 세월을 산 사람에게 행복이란 수백만 가지의 감정 상태처럼 가끔씩 경험하는 상태일 뿐이다. 날 행복하게 해줄 일들을 반드시 하거나 그것이 무엇인지 알아야 할 필요 또한 없다. 행복에 대해서 아무것도 모르는 갓난아기가 행복할 수 있을지 생각해보면, 아기는 그냥 행복할 뿐이다. 이 글에서 조차 나는 나 자신과 모순되는 이야기를 하고 있는지도 모른다. 행복은 고찰이나 사색이 전혀 필요하지 않다. 이 역설을 받아들이면서, 이론적으로는 행복에 대한 생각에서 빠져나올 수 있다.

슬픔이나 추억이나 피로나 흥분이나 허기처럼 행복도 왔다가 간다. 행복을 찬양하고 행복에 매달린다고 해서 행복이 왔다 가는 것을 막지는 못한다. 태양을 찬미할 수는 있지만(나는 거의 항상 그렇긴 하지만) 그렇다고 해서 밤이 오는 것을 막을 수는 없다. 만약 내가 평생 해야 하는 일이 해가 지는 것을 막는 일이라면 내 인생은 실망이 끝없이 되풀이되는 끔찍한 인생일 것이다.

행복하기 위해 무언가를 하지 않을수록, 행복과 관계된 것을 알기 위해 노력을 하지 않을수록 행복의 감각을 더 자주 갖게 된다. 물론 그렇다고 해서 항상 행복하진 않다. 하지만 행복할 때는 행복하다. 그리고 나는 그 사실에 대해 점점 더 행복해하고 있다.

10장
변하거나 변하지 않는 것들

69

        종양이 점점 자라면서 나는 내 두개골 안에 살고 있는 종양을 점점 더 잘 느낄 수 있다. 일상생활 기간과 집중치료 기간 사이 두통은 점점 심해지고, 정신착란 증상이 왔다가 졸음이 쏟아졌다가 막간의 황홀감을 느끼다가 모든 것이 초현실로 다가오기도 한다. 말 그대로 정신을 잃어가고 있다고도 할 수 있다. 종양은 기본적으로 나의 두뇌 자체가 되어가고 있다.

        몸의 활동성도 심각하게 저하되고 있다. 다행히 아직은 손이나 팔의 대부분은 움직일 수 있고 독립성이라는 면에서 완전히 불능의 상태는 아니다. 그러나 의사는 상태가 지금보다 악화될 경우에 앞으로 어떻게 살아갈지에 대해서 숙고해보는 것이 좋겠다고 했다. 더 정확하게 말해서 어디에서 어떻게 죽고 싶은지를 진지하게 고려할 시간이 왔다는 이야기다.

70

　　지난 며칠 동안 내가 그동안 쓴 작품들을 읽었다. 개인적으로 가장 아끼는 소설 두 권을 읽었다. 출판하긴 했으나 썩 마음에 들지 않았던 두 작품도 읽었다. 오래전에 썼던 단편소설들도 꺼내 읽었는데, 그중에는 미출간 작품도 있고 거의 이십여 년 전에 쓴 단편도 있었다. 이십대 초반에 썼던 첫 책의 원고들을 넘겨 보기도 했다.

　　십 년 전에 쓴 글이 내가 지금 느끼는 감정을 지금보다 더 잘 표현하기도 했다. 그와 동시에 현재의 내가 공감하기 어려운 감정이나 문장도 있었다. 이전의 나라고 하기엔 민망하거나 생경할 정도로 다른 나도 있고, 질투가 날 정도로 부럽거나 매우 친밀하게 느껴지는 나도 있었다.

　　많은 이들이 신봉하는 명제 중 하나는 '사람은 변한다'는 말이다. 그와 동시에 '사람은 변하지 않는다'는 주장도 거의 똑같이 인기가 있다. 그렇게 진부하고도 결론이 나지 않는데도 불구하고 두 의견이 충돌하는 이유는 둘 다 진실이 아니기 때문이다. 세상엔 계속해서 변화만 거듭하는

236

자아도 없고, 그때나 지금이나 완전히 동일하기만 한 자아도 없다. 변하기도 하고 변하지 않기도 한다.

성격이나 기질이라는 면에서 본다면, 가장 밑바탕에 이상하면서 정확히 나다운 무언가가 자리 잡고 있다. 그리고 그 위에 조금씩 변하는 나의 다른 버전이 복잡하고 다양한 방식으로 자신을 설명하고 표현한다. 이 각각의 버전은 완전히 다르기도 하고 모순되기도 하지만 이상하게도 모두 같은 방향을 바라보고 있다. 그리고 그 안에는 자체적으로 알 수도 없고 설명할 수도 없는 일관되고 본질적인 핵심이 존재한다.

자신의 기질이나 자아를 온전히 간파한다는 건 마치 어떤 땅덩어리의 실체를 알려고 하는 노력과 비슷하다. 농사를 지을 수 있는 작은 토지를 몇 년에 걸쳐 본다면 매해마다 이전과 완전히 다른 기능과 목적을 수행하는 것처럼 보일 것이다. 작년과는 다른 열매를 맺을 수도 있고 때로는 건물이 세워질 수도 있다. 하지만 토지의 물리적인 위치와 모양은 시간이 아무리 흐른다 해도 변하지 않는다. 토양의 성질이나 자원도 여전히 동일하다. 다시 말해서 표면적으로는 계속해서 달라지고 변형되는 것처럼 보이지만 본질은 언제나 일정하고 균질하게 남아 있다는 뜻이다.

그 결과 어떤 사람도 그 땅덩어리의 본질을 통해 땅덩어리의 실체를 파악할 수는 없다. 같은 이유로 토지 위에 자란 나무의 열매나 세워진 건물을 보고 그 토지를 안다고 할 수도 없다. 어떤 사람이 주어진 한 번의 시간에 그 토지의 본질이나 표면을 알았다고 해도 그 토지를 제대로 안다거나 묘사할 수 있는 것은 아니다. 똑같은 땅덩어리가 앞으로 완전히 다른 모습으로 보이고 완전히 다른 목적을 수행할 것이고 다르게 표현될 것이기 때문이다. 따라서 땅덩어리 전체를 안다는 것은 그 땅의 본질과 표면의 조합을 전 생애에 걸쳐 각각 다르게 존재했던 시기와 곱해보아야 할 것이다. 그리고 이 작업은 땅덩어리 혹은 지구가 더 이상 존재하지 않을 때까지 계속되어야 할 것이다.

어쩌면 그 땅덩어리가 완전히 사라진 후라면 알게 될지도 모른다. 즉, 그 자아가 사라져버려야 그 자아를 종합적으로 파악한 후에서야 결론 비슷한 것을 낼 수 있을 것이다. 물론 그 자아의 주인이 자신을 안다는 건 불가능하다.

자아를 아는 것이 가능하다고 해도, 우리는 왜 이곳에 땅덩이가 있어야 하는지, 왜 이 땅덩이마다 본질적 특징이 있는지도 알지 못한다. 따라서 땅 자체(자아)가 사라진다 해도 알 수 없다. 애초에 그 땅이 왜 거기에 있었는지, 어디에서부터 존재하는지, 이 문제를 해결해줄 마지막 퍼즐 조각을 영원히 찾을 수 없어서다.

나는 나 자신을 대상으로 이런 유의 혼란스러운 관찰을 해왔고, 이전에는 나를 구성했으나 지금은 사라진 요소나 이전의 내가 그 특정 시기에만 갖고 있었던 특징이나 모습에 막연하고도 강렬한 향수를 느끼기도 했다. 나는 여전히 똑같은 땅에 서 있긴 하지만 예전의 그 땅으로는 절대로 돌아갈 수 없기 때문이었다. 그러나 지금은 약간 달라졌다. 근래에는 현재와 다른 과거의 나를 그리워하거나 나를 관찰하면서 과거의 나와 비슷한 점을 찾지 않는다.

이제 더 이상 예전에 썼던 글에서 나라는 사람, 나의 목소리를 알아볼 수가 없다. 어떤 감성이나 생각에는 깊이 공명하지만 단어나 문체는 완전히 다른 사람이 쓴 것만 같다. 내가 아닌 타인이 쓴 글을 읽고 있는 기분도 든다.

우리 자아의 지각 능력이 기억에서 나온다는 말이 있다. 지금 현재의 자아란 과거의 자아의 어떤 부분들에 대한 기억을 간직하고 그 기억을 통해 살아가는 능력에서 형성된다는 것이다. 나는 이 관점에, 적어도 기초적인 수준에서는 동의하는 것 같다. 그러나 나의 기억력이 쇠퇴하고 어쩌면 거의 사라질지도 모르는 지점으로 가고 있다면 그때의 나는 과연 누구일까? 나는 더 이상 내가 아닐 것인가? 만약 나에 대한 기억이 없는 나에게 자아 또한 없다면, 내가 나 자신에 대한 기억이 없는 나를 무엇이라고 정의할 수 있을까?

내가 더 이상 나를 갖고 있지 못할 때 마침내 나는 나 자신에 대해 알 수 있을까? 당신은 아직 여기 있는데, 당신이 서 있을 수 있는 땅이 없어져버린다면 과연 무슨 일이 일어날까?

71

　　마치 술에 취한 것도 같고 마약에 취한 것도 같고 녹초가 되어버린 것도 같다. 정상이었다면 그리 예민하지 않았을 수많은 것들에 지나치게 예민해지기도 한다. 어떤 일에는 도통 집중하기가 힘들고 또 어떤 일들에는 집중하지 않기가 힘들다. 구체적이거나 사소한 사실들이 더 생생하고 흥미로워지는 반면 큰 개념은 모호해지고 내 머리로 이해하기 힘들어지고 있다. 나는 심각하게 혼란스럽지만 한편으로 나의 혼란과도 점점 더 멀어지고 있다. 마치 상태가 나빠질수록 내 상태가 미치는 영향에 대해서까지 손을 놓고 있는 듯하다.

　　죽어가는 과정이란 참으로 괴상하고 혼란스러우나 대부분의 경우에는 이 두뇌 안에는 인간이 죽음 앞에서 너무 고통스럽거나 너무 무섭지는 않게 해주는 반응 메커니즘이 장착되어 있는 듯하다. 마치 이 두뇌의 프로그래밍 시스템이 두뇌 자체가 사망하리라는 것을 감지하고 그 경험자를 보호하도록 설정된 것도 같다.

그러면서도 심각한 물리적이고 치명적인 통증이 내 육체와 정신을 충격으로 몰아넣고 있기도 하다. 또한 실존적 고통도 있다. 이 고통은 내 육체와 정신의 현재 상태를 부정하기도 했다가 애도하기도 했다가 갑자기 현명해지게 했다가 유머러스해지기도 한다. 서서히 생명을 잃어가는 과정에서 우리의 마음은 한편으로는 당신을 놀라 자빠지게 하기도 하고, 한편으로는 신경 쓰지 못하게 하는 방식으로 아직은 괜찮다고 달래주는 것 같기도 하다.

두뇌가 실제로 이 같은 기능을 장착한 이유는 그저 생존에 도움이 되기 때문이 아닐까 싶기도 하다. 충격을 주었다가 웃음도 주고 다 괜찮을 것이라는 느낌을 계속해서 번갈아 주면서 진작에 죽거나 자살했을 사람들의 일부가 죽거나 자살하지 못하게 막는 것이다. 따라서 두뇌의 이 기능은 두뇌를 하루라도 더 버티게 하려는 목적을 전략적으로 수행하고 있을 뿐이다.

어쩌면 이 두뇌 시스템은 두뇌가 어떤 경험을 하는지에 강력한 영향을 미치고 있을지도 모른다. 이 사실에 안심이 되면서도 소름 끼치게 무섭기도 하다. 두뇌가 두뇌의 의식적인 경험에 어느 정도는 진화적으로 관심을 갖고 있다는 뜻이기도 하지만 이 기능의 유일한 목적은 그저 두뇌 자체가 돌아가게 하기 위한 시스템에 따라 결정될 뿐일 수도 있다. 그렇다면 두뇌는 두뇌 자체가 아닌 그 경험자에게는 진심 어린 동정이나 연민을 갖고 있지 않다는 말일 것이다.

72

　최근 내 기억력은 점점 더 감퇴했으며 정신이
오락가락하고 머릿속이 안개 낀 듯 희미하다. 장기 기억과
단기 기억 모두 상실하고 있다. 마치 두꺼운 창유리 바깥에
서 안을 들여다보는 것처럼 세상과 멀리 동떨어져 있는 느낌
이다. 환각 증상도 몇 차례 경험한 것 같다. 그러나 환각이나
환청에 대해 의사에게 털어놓지는 않았다. 솔직히 말하면 병
원에서 더 이상 할 수 있는 일이 없다고 생각해서다. 의사에
게 말했다면 부작용을 야기할 뿐인 약을 처방했을 것이고 그
로 인해 나의 어머니와 친구들이 걱정하기 시작하면서 불필
요한 문제를 일으켰을 것이 뻔하다.

　오늘은 아침 일찍부터 내 상태가 얼마나 악화
되었는지를 실감할 수밖에 없었다. 어머니는 내게 그동안 하
고 싶었지만 지금 이 순간까지 미뤄왔던 질문들을 했는데(이
것도 물론 나의 짐작일 뿐이다) 나는 어머니가 무슨 말을 하고 있
는지 전혀 파악하지 못했다. 어머니가 물어본 내용들이 기억
에 남지도 않았다. 누가 봐도 단순하고 직접적인 질문에도

대답하지 못했다. 매우 모호하고 희미한 개념만이 있었고 나름대로 애써서 대답했지만 어머니의 반응을 볼 때, 내가 어머니가 기대하는 어떤 대답도 하지 못한 것 같았다. 끔찍한 기분이었다. 우선 어머니가 얼마나 답답해하는지가 보여서였다. 그러면서도 내가 얼마나 멀리 가버렸는지를 깨달은 어머니의 눈 속에 좌절감이 보여서이기도 했다. 또한 그 순간에 내가 그 사실을 온전히 실감하고 있어서이기도 했다.

어머니의 질문에 제대로 대답은 하지 못했지만 내가 당신을 얼마나 사랑하고 당신에게 감사하는지 이야기했다. 왠지 용서를 구해야 할 것 같은 느낌도 들어서 죄송하다고도 말했다. 그리고 지금까지 내 곁에 있어줘서 고맙다고 했다.

지난 며칠 동안 친구들과도 비슷한 대화를 나눴다. 기분이 이상하다. 먼저, 내가 왜 그런 말을 하기까지, 그러니까 고마움이라는 언제나 존재했던 감정을 겉으로 표현하기까지 그렇게 오래 기다려야 했는지 이상해서였다. 왜 언제나 너무 늦었거나 거의 너무 늦을 때까지 우리는 하지 못할까.

73

      최근에 사물이나 세상을 자세히 바라보곤 한다. 그저 바라보는 것이 아니라 그것에 시선을 고정시키고 있다. 내가 볼 수도 느낄 수도 없게 될 것이라는 사실이 점차 현실로 다가오면서 사물을 하나하나 가까이에서 보는 행위에 대한 집착이 자연스럽게 커지고 있다.

      소파에 누워서 소파 커버를 만들어낸 바늘땀을 하나씩 바라본다. 각각의 바늘땀은 색깔과 배열과 돌출 부분이 아주 조금씩 다르다. 얼마나 많은 사람이 이 소파의 디자인과 제작에 참여했을지 그리고 어떤 과정을 거쳐 이 순간 나에게까지 오게 되었는지를 생각한다.

      거실 바닥에 누워 있기도 한다. 작은 마디와 옹이가 마치 잔디밭처럼 튀어나와 있는 카펫이 어떻게 먼지와 벌레 없이 포근하고 편안하도록 제작되어 있는지를 바라본다.

      내 침대 창문에 드리워진 커튼의 질감과 무늬를 바라보면서 오래전부터 있었던 이 커튼이 내 방을 얼마나 아늑하게 만들어주었는지, 이 무늬가 들어오는 햇살에 어떻게 반사되는지 몰랐다는 걸 알게 된다.

커튼을 통과해 들어온 빛 속에 떠도는 먼지 입자들이 내 머리 주변에 어떻게 떠도는지를 바라보기도 한다. 각각의 먼지 입자가 어디에서 와서 어디로 가는지 궁금해지기도 한다.

그 전에도 이런 것들을 알아챘을 테지만 지금처럼은 아니었다. 거의 초현실적이고 명상적이라고 할 정도로 집중해서 보지는 못했다. 이 작은 순간들 속에서 나는 거의 괜찮은 기분이 된다.

이 마지막 순간을 나의 인생 전체를 생각하듯이 생각한다. 내가 편안하기 위해, 위로받기 위해, 즐겁거나 공감을 얻기 위해 했던 모든 시도들을 떠올린다. 그 시도들은 대체로 부나 성공, 인정이나 지위 등을 얻기 위한 노력으로 위장하고 있었다. 이 모든 위로와 즐거움과 편안함은 이토록 짧은 시간 안에, 너무나 단순하게, 언제든지 손에 닿는 물체와 평범한 공간 안에서도 찾을 수 있었다.

삶의 풍요란 모든 것에서 찾을 수도 있고, 아무것도 아닌 것에서 찾을 수도 있다. 벌레라든지 카펫이라든지 의자, 나무, 연못처럼 단순한 사물이나 자연의 세부적인 모습들을 인식하고 깊이 숙고하는 순간은 궁극적으로 인생의 풍요를 경험하는 것과 크게 다르지 않다. 인생의 풍요로움이라는 것이 이렇게까지 단순해야 한다는 의미가 아니라 이렇게까지 쉽게 찾아올 수 있음을, 나도 이제야 알게 되었다는 말이다.

어떤 시점이 되면 거의 모든 것은 내가 지각하는 만큼의 가치만 있을 것이다. 그렇다면 이러한 디테일까지 알아보고 관심 갖는 일이 너무도 중요해진다. 삶의 신비에 경탄하고, 배우고, 경험하는 일은 모든 대상과 모든 순간에서 찾을 수 있다. 삶의 심오함을 느끼고 아는 것. 모든 것을 생각하고 질문해보는 것. 원목 마루의 단순한 옹이와 연못의 물방울에서도 생성되는 미지의 원동력과 내가 하나라고 느끼는 것. 사는 동안 어린 시절에 느낀 순수한 경이를 최대한 오래 간직하고 종종 재발견하는 것. 이것은 아마 언제까지나 내가 할 수 있는 최선이 될 것이다.

74

나는 이제 대부분의 치료를 마무리했다. 이 시점에서 최선의 결정이라 생각한다. 그렇게까지 어려운 결정도 아니었다. 이제 몇 가지 종류의 처방된 약을 먹으며 기다리는 것 외에는 남은 일이 없다.

75

죽는다는 건 다시 어린아이로 돌아가는 것이 아닐까 생각한다. 무력하고 순수한 존재로 후퇴하는 것이다.

모두가 현재의 자신이라는 매개(필터)를 통해 기억을 하게 되므로 사실은 그 어떤 기억도 진정 신뢰할 수는 없다. 하지만 내가 정확하게 기억하고 있다면 어린아이로 산다는 것이 이런 느낌과 상당히 흡사했던 것 같다. 곧 죽는다는 부분만 뺀다면 말이다. 아기가 되어 아기 취급을 받을 때 내가 책임질 것은 없거나 거의 없었다. 무력함과 혼란은 귀찮으면서도 돌봐줄 가치가 있기도 하다.

나는 우리 모두가 이런 상태에 대해 약간의 그리움을 갖고 있다고 생각한다. 어린아이다운 순수함, 어떤 비난과 책임도 없는 상태 말이다. 행동 자체가 반드시 순수할 필요는 없겠지만 아이는 판단 앞에서는 순수하다. 다른 사람의 판단과 자기 자신의 판단에서 완전히 벗어난 상태가 될 수 있다. 이 안에는 열반이 있다. 우리 모두가 갈망했던 이것은 자기 주도성이 거의 제거되었을 때에야 도달할 수 있다.

76

     통증이 심할수록 더 많은 진통제가 필요하다. 더 많은 진통제를 복용할수록 더 많은 부작용도 따른다. 섬망 증세와 진정제로 인한 무기력한 상태가 계속된다. 때로는 상당히 긴 무의식 상태에 잠겨 있다가 갑자기 생생하고 끔찍한 통증을 느끼기도 한다. 그러나 대체로 길고 긴 수면 상태로 들어갔다 나올 뿐이고 그사이에 각각 달라 보이는 현실 속 장면들이 조각조각 흩어져 있다.

     이전에도 향정신성 약물을 사용한 적이 있고, 어떤 형태이든 지속적으로 약물을 사용했던 시기를 거치기도 했기 때문에 약물에 취한 상태에 들어갔다 나올 때의 느끼는 감각의 리듬을 충분히 알고 있다고도 할 수 있다. 환희와 우울감이 반복적으로 찾아오면서 무엇이 나에 더 가까운지를 판단하기 어려워지기도 한다. 하지만 지난 몇 달만큼 감정이 극단적으로 오르락내리락하지는 않았다. 상당히 당연하고도 예측할 수 있는 일이다. 하지만 가끔씩 정말로 나와 나 자신과의 접촉이 완전히 끊어지고 있다고 느끼곤 한다. 내 주변과의 접촉도 끊긴다. 했던 일을 하고 또 하면서도 전혀 인식하지 못한다. 처음 보는 낯선 사람을 내 친구로 착각하기도 하고 오랜 친구를 난생처럼 본 사람처럼 대한다. 내 손을 보면서도 내 손인지 인지하지 못한다. 거울 속의 나를 알아보지 못한다. 완전한 자아인식장애라고 할 수 있다. 가끔은 자아인식장애를 넘어서는 상태가 되는데 알아볼 사람이나 관찰할 현실 자체가 아예 없다고 느껴지기도 한다. 이런 순간에는 어떤 일이 일어나는지 아닌지도 알 수 없다. 현실을 경험한다기보다는 가물가물한 꿈을 떠올리는 것과 가깝다고 할 수 있다. 물론 그 상태가 말로 표현이 될 수 있다면 이에 가깝다는 말이다.

그러다가도 갑자기 일정 시간 동안은 마치 아무 일도 일어나지 않은 듯, 안정적인 시기로 돌아가곤 한다. 혹은 익숙하지만 분리된 현실 속으로 불쑥 들어갔다 나오는 것 같기도 하다.

가장 기이한 부분은 하루 종일 잠을 잔다거나 며칠 동안 잠만 자기도 한다는 점이다. 가끔은 내가 일어날 수 있을지 아닐지도 모른다. 최근에는 어머니가 나의 수면 시간을 모니터했다가 일부러 깨워주기도 한다. 어머니가 없었다면 나는 병원에 입원했거나 다른 요양 시설에 입주했어야 했을 것이다. 머지않아 어차피 들어가야 할 장소이긴 하다.

　　　어머니가 나를 깨울 때, 대체로 나는 어머니를 알아보지 못하고 마치 처음 보는 사람이 나를 깨웠다는 듯이 어리둥절해한다.

　　　어머니 얼굴을 알아보지 못한다. 나의 얼굴도 알아보지 못한다. 나의 인생조차 알지 못한다. 그 시간이 오면 내가 살고 죽는지 따위는 중요하지 않게 된다. 울적하고 참담한 방식에서가 아니라 어쩌면 자유로운 방식에서 그렇다. 내 인생이 어찌 되든 더 이상 아무렇지 않고, 내가 그렇게 생각한다는 점 또한 아무렇지 않다.

77

이제 나는 더 이상 글을 쓸 수 없다. 지난 몇 주 동안은 말을 문자로 바꿔주는 프로그램을 사용했으나 이제는 그것마저 하고 싶지 않아졌다. 최근에 쓴 글 중에는 차마 읽을 수도 없을 정도의 글들이 많아 대부분 삭제해야 했다. 특히 섬망 상태일 때 많은 글을 쓰면서 인류의 유산이 훌륭한 작품을 남기고 있다고도 생각했지만 대체로 내가 무슨 말을 하고 있는지도 모른다. 하루나 이틀 후에 정신이 들었을 때 읽어보면서 얼마나 끔찍한지 깨닫는다. 대부분 헛소리다.

어떤 것들은 변하지 않는가 보다.

78

거의 대부분의 시간 동안 잠을 잔다는 것은 거의 죽어 있는 상태라고 할 수 있다. 잠깐식 의식이 돌아오는 자아를 완전히 잃지는 않은 상태지만 말이다. 사실 우리 생애 안에서도 수면이란 작은 죽음이라 할 수 있다. 사실 아주 좋은 거래인 셈이다. 과학적으로 우리가 왜 반드시 자야 하고, 잠을 못 자는 것이 왜 그토록 고통스러운지 알지 못한다. 하지만 나와 세상으로부터의 휴식이, 반복되는 이 작은 죽음 같은 휴식이, 우리 모두에게 필요하다. 잠의 이유는 그 정도면 충분하지 않나 싶다.

나는 잠을 상당히 좋아하는 편이었다. 내가 정확하게 기억하고 있다면 어느 정도는 그랬다. 하루 종일 잠만 잘 수 있다면 얼마나 좋을까, 하고 생각한 적이 종종 있었다. 지금 나는 그 바람대로 하루 종일 잠만 잔다. 지금은 하루 종일 깨어 있을 수만 있다면 내가 가진 것을 다 줄 수 있을 것만 같다.

79

     내가 알아왔던 모든 것, 내가 갔던 장소, 내가 믿어왔던 모든 것들이 마치 오래전에 지극히 사랑했으나 한참 동안 보지 않은 텔레비전 프로그램이나 영화처럼 느껴지기 시작했다. 최대한 좋게 말해서 모호하고, 멀고, 상관없는 기억들이라 할 수 있다. 그나마도 내가 주인공인 프로나 영화는 아니다.

     그러나 아직은 자아가 남아 있어 이 글을 쓰고 있다. 하지만 이 글에서 정확히 뭐가 남겨질지는 모른다. 아마도 확실한 것은 별로 없을 것 같다.

     누군가였던 사람과 아닌 사람이 있다. 여기와 어딘가에 있는 어딘가에, 생과 사의 어디쯤에 있겠지. 이것은 이상하고 재미있고 어쩐지 무섭기도 하고 아름답기도 하다.

80

지난 며칠, 아니 몇 주 동안은 혼미한 상태였고, 신기하게도 그 상태는 놀라운 축복이었다. 이 무력감은 내가 그동안 느끼거나 알지 못했던 자유의 감각이었다. 내가 하고 싶은 건 무엇이든 할 수 있다는 의미에서의 자유가 아니라, 난생처음으로 내가 원하는 걸 아무것도 할 수 없다는 의미에서의 자유다. 이 자유 안에서 나는 모든 것에 무심하지만 오히려 모든 것이 명백해지면서 평화로워진다. 사실 나는 이 평화의 본질을 망가뜨리기 싫어서 길게 묘사하고 싶지 않기도 하다.

가장 추상적으로, 어쩌면 가장 미적인 방식으로 나는 완전히 납작해져 있다.

81

내가 쓴 이 글들이 출판되었으면 좋겠다는 생각을 하고 있다. 하지만 출판되지 않더라도 괜찮다.

만약 책으로 나온다면, 그래서 누군가 단 한 명이라도 읽게 된다면, 나는 그 독자를 아마 전혀 모를 것이고, 그 사람은 오직 이 글을 통해서만 나를 알거나 알게 될 것이다. 서로 다른 시간과 장소에 있고 연결점이 없는 두 사람이, 짧은 순간 동안이지만 함께 같은 시간 안에 공존할 수도 있을 것이다. 어쩌면 다른 어떤 방식보다 가장 가깝게 연결될 수도 있을 것이다.

나는 앞으로도 당신을 알 수는 없을 것이다. 그러나 당신이 내가 쓴 글에서, 과거나 현재든, 아주 작더라도 당신 자신의 조각이라도 발견할 수 있었다면, 나는 당신을 매우 잘 안다고 할 수도 있다.

82

　　이번 주말, 호스피스 병동에 가기로 했다. 나머지 나날은 그곳에서 보내게 될 것이다. 이제 어머니나 다른 사람이 집에서 날 돌볼 수 있는 시기는 완전히 종료된 듯하다.

　　앞으로도 이런 글을 더 쓸 수 있을지는 모르겠다. 일단 노트북을 가져가서 할 수만 있다면, 할 수 있을 때까지 짧은 글들을 남겨보려고 할 것이다. 만약 나에게 아직 더 할 말이나 쓸 글이 남아 있다면 어딘가에라도 적어놓을 거라 믿는다.

　　물론 자신의 마지막이 언제나 될지는 누구도 모르지만.

다만 죽음을 곁에 두고 씁니다
Notes from the End of Everything

ⓒ 로버트 판타노, 2021

초판 1쇄 인쇄일 2021년 7월 23일
초판 1쇄 발행일 2021년 8월 10일

지은이   로버트 판타노
옮긴이   노지양
펴낸이   정은영
편집   이현진 김정은 정사라
마케팅   이재욱 최금순 오세미 김하은 김경록 천옥현
제작   홍동근

펴낸곳   자음과모음
출판등록   2001년 11월 28일 제2001-000259호
주소   04047 서울시 마포구 양화로 6길 49
전화   편집부 (02)324-2347, 경영지원부 (02)325-6047
팩스   편집부 (02)324-2348, 경영지원부 (02)2648-1311
이메일   munhak@jamobook.com

ISBN 978-89-544-4738-6 (03840)